河出文庫

女二人のニューギニア

有吉佐和子

河出書房新社

目次

100°
120°
140°
東京
太
平
洋
20°
フィリピン
マニラ
グアム島
パプア・ニューギニア
ヨリアピ
0°
インドネシア
ジャカルタ
ポートモレスビー

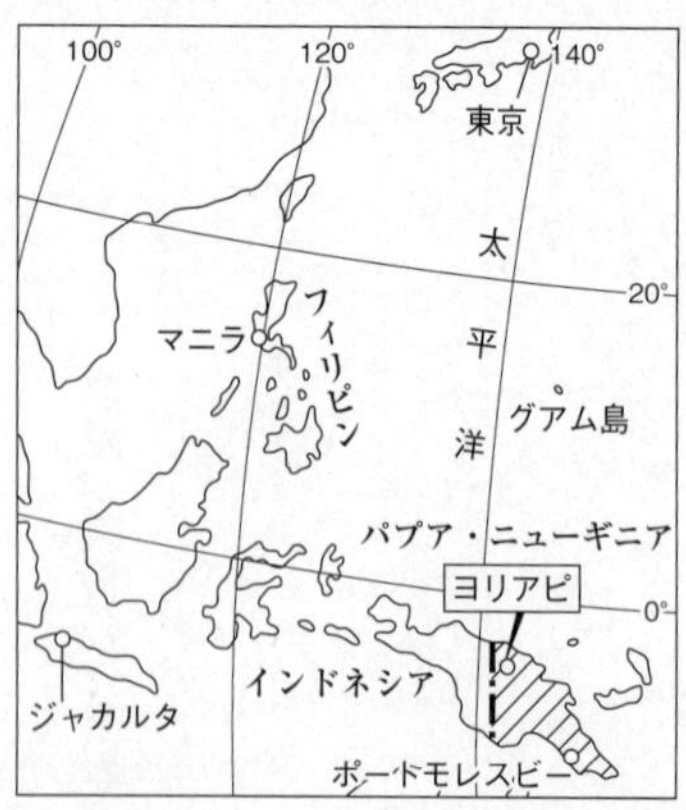

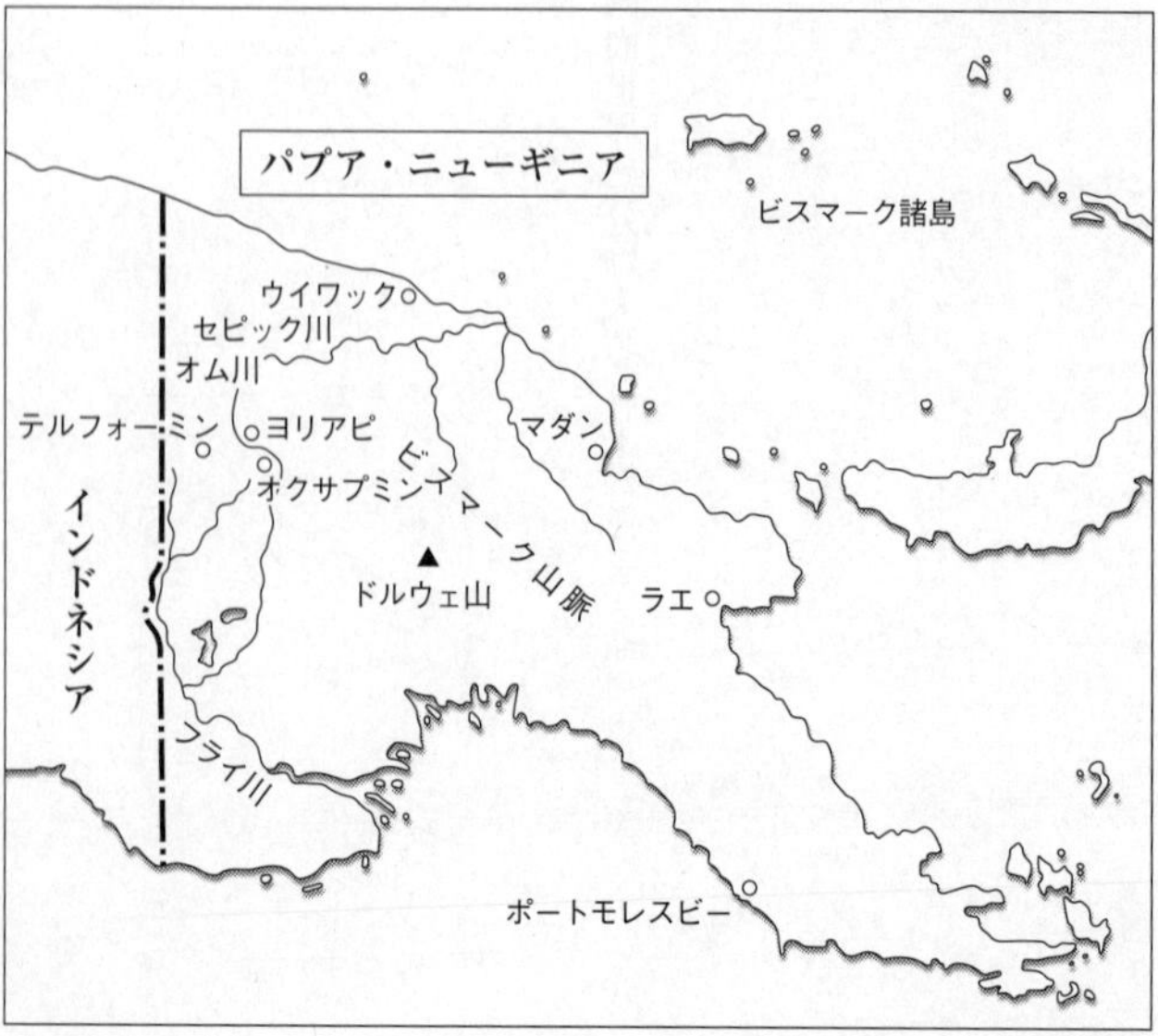

パプア・ニューギニア
ビスマーク諸島
ウイワック
セピック川
オム川
テルフォーミン
ヨリアピ
オクサプミン
マダン
ビスマーク山脈
インドネシア
ドルウェ山
ラエ
フライ川
ポートモレスビー

女二人のニューギニア

1

私がニューギニアへ行くと言いだしたとき、そんな無謀なことはよせ、お前には無理だと言って止めてくれるひとが一人もいなかったのは何故だったのだろう。私は身長一六四センチもあって図体が大きく、一見丈夫そうに見えるけれども、その実はウドの大木で、体力は人並以下、わけても脚力のなさといったら、世の人が血道をあげるゴルフでさえ歩くのが辛いのでやめてしまったくらいなのだ。動作が鈍いので悠揚せまらない女だという誤解をしている人々がいるが、本当は虫一匹這(は)い出してきても悲鳴をあげて逃げるような弱虫なのだ。そういうことを身近にいる友人たちは、みんな知っていた筈(はず)なのに、どうしてあの人たちは誰も、私のニューギニア行きをやめろと言ってくれなかったのか。

ヨリアピに着いてから数日、私は痛む躰(からだ)を畑中さんの家のでこぼこした床に伸ばして、ずっと未練がましく、こんなことばかり考えていた。

家の中に寝転んでいても、オム川の激流の音は聞こえてくるし、窓から（その家は要するにほんの小さな囲いがあるだけで、その囲いもスノコのように隙間だらけだから、どこもかも窓だったといえるのだが）見えるのは、緑濃い山脈である。ヨリアピというところは、密林で掩われた山々で十重二十重に取り囲まれたところなのだった。ああ、あの山々を私は私のこの足で歩いて越えてきたのかと、しばらく私は自分でも信じられなかった。

しかしいつまでものんびりと寝てはいられなかった。足の爪が、親指の爪が色を変えてバクバクにはがれかかっていたし、得体の知れない虫が襲いかかってきて、そのあとの痒さといったらない。ボリボリと掻き、ああ痒いと心の中で悲鳴をあげ、夢中で掻いていると、すぐ耳許で、

「フィナーニ・ロイヤーネ」

と優雅な声が聞こえる。

「シシミンが、あんたに挨拶に来たわよ、起きなさい」

畑中さんが活を入れるように大声で言うので、私はよいしょよいしょと節々の痛む躰を起こして立上り、足をひきながら戸口へ出て行った。

鼻の先に三つ穴をあけ、そこから鸚鵡の黒い爪を一本ずつ突き出している背の高い男が私の方に長い手を差し出している。

「シシミンの酋長よ。フィアウという名ァよ。あんたもフィナーニと言いなさい」

畑中さんの言うとおり、フィナーニと言うと、フィアウは馬のように大きな口をひろげてまたフィナーニ・ロイヤーネと繰返した。彼の背後には、豚の牙(きば)を鼻にさした男や、片方の耳に竜の落し子に似た虫のくるりと巻いたのを吊下げているのや、鸚鵡のトサカを小鼻の穴に通し、眼と眼の間で十文字にぶっ違えているなど、さまざまなシシミンがいた。みんな片手に弓矢を摑(つか)んでいる。ああ私は、つまりこういうところへ来てしまったのかと私は改めて溜息が出た。

フィアウが、ぐいと私の手を握りしめた。親愛の情を私も示すために握り返そうとして彼を見上げた私は、もう少しで後へ飛び退くところだった。彼だけが頭にオーストラリア陸軍の制帽を冠(かむ)っていた。それはつば広で片端をピンと折り上げたなかなか伊達(だて)な帽子だったのだが、ひどく古いものらしく縁はぼろ

ぼろになっていた。きたないのである。しかし私が驚いたのは、そんなことではない。彼の首の下から、胸、肩、二の腕の逞しく盛上った筋肉を掩っている黒い肌が、指の先まで細かく亀裂がはいり、それぞれ小さく渦巻いている。

「ひ、皮膚病なのかしら、このひと」

私は手を放してから、おそるおそる畑中さんに訊いた。

「これがシック・プクプクというて鰐皮みたいになる皮膚病なのよ。プクプクというのは鰐のことや」

「ああ」

「このおっさんは、その他に象皮病も持ってるで」

「どこに」

「そこんとこや。その草の下あたり」

フィアウは、緑色の草の束を前にぶら下げていた。帽子とその草を除けば、彼は全裸だったのである。そしてひきしまった腿の付け根には象の皮のようなものが、大きくかたまって、ぶくぶくと腫れ上っていた。ぞっとしながらも、そこは私だって作家だから他の男たちはどうなっているのだろうかと、さりげなく見まわしたところが、男たちは誰もパンツをはいていない。草を下げているのはフィアウだけで、他の連中は股のところに小さな筒のような木の実のような黄茶色のものを一本ぶらさげている。

畑中さんの説明によれば瓢簞（ひょうたん）の一種だということであった。

これはまあ本当に、大変なところに来てしまったものだ、と私はまた溜息が出てきた。

「このフィアウは二年ほど前の戦闘で二十八人のドラムミンを射殺した男よ。あまり賢くはないけど、ものすごく強いらしい。躰つき見てごらん。いい線やろ」

しかし私は彼の男性美を鑑賞する余裕はなく、彼がごく最近、二十八人もの人間を殺したという一言に釘づけにされていた。

「こ、このひと、人殺し？」

「うん。数の中には女子供は入れてへん。女子供の方は、ナタで叩き殺したらしいわ」

「そんな殺しあいが始終あるの？」

「うん、種族間のトラブルはようあるらしい。まだ私は詳しく調べあげてないけども」

「私たちは大丈夫なのかしら」

「そら分らへんで。ずっと前にシシミンから野豚一匹物々交換したんやけど私一人では食べられへんので足一本残してみんなにやってしもうたら、それから二カ月して一人死んだんやて。それが私のスピリットのせいやということになってあるんや。二カ月前に食べた豚でやで。むちゃくちゃやろ。そやからね、いつ石矢が飛んでくるか分りませんよ」

私が蒼(あお)くなってきたのを見て、畑中さんは豪快な笑い声をあげた。畑中さんは私と較べるまでもなく小柄な女性なのだが、声だけは大層大きいのである。

「大丈夫やて。ポリスが二人、ライフル持って付いているやないの。安心してなさい」

ニューギニア人のポリスは、制服制帽を着用してピジン英語を話すけれども、彼らの顔もよく見ると、眼の縁に入れ墨がしてあったり、鼻の先に穴があって、この間まで骨をさしていたという痕(あと)が歴然としている。しかも彼らは弓矢でなくライフルを持っているのだ。畑中さんがいくら大丈夫だと言っても、私は大丈夫だと思えなかったし、安心しろと言われても私は安心できなかった。

しかしヨリアピというところは飛行機は決して着陸できない谷隙にあり、ニューギニアでは万金を積んでもヘリコプターは呼ぶことができない。外界との連絡は、私が三日間死にもの狂いで歩いたあの五つの山を越えて、オクサプミンというパトロール事務所へ出る以外には方法がない。私はほんの一週間ほどでオクサプミンに戻るつもりで出かけてきたのだが、足の爪ははがれているし、今の状態では、またあの山を越えることなど気力体力ともにとても出来ることではなかった。

このシシミン族と共に、これから私は暮すというのか。

私が最初持っていた好奇心などはけしとんでしまっていた。私は帰りたかった。一日も早く、こんなオッカナイところから逃げ出したかった。しかし帰るには、私の目の前に立ちはだかっているジャングルでおおわれた五つの山々を、よじ登り、すべり落ち、這いまわりながら泥だらけになって、毒キノコに喰いつかれたり、山蛭(ひる)に吸いつかれたりしながら越えなければならないのである。

もう当分は帰れない……。

このままシシミンの餌食(えじき)になってしまうのではないかと、私は慄然(りつぜん)としていた。子供のことが、しきりと思い出された。ニューギニアというところは子持ちの女の来るところではなかった。畑中さんには悪いけれど、このときの私の正直な気持でいえば、ここは人間の来るべきところではないと思われた。なんという馬鹿だったろう、私は。こんな凄(すご)いところへ、私は実に、なにげなく出かけてしまったのだったから。私は東京にいる友だちの誰彼の顔を思い浮かべ、あの人たちはどうして私を引止めなかったのか。中にはジャーナリストも何人かいたのに、あの人たちは、「へえ、ニューギニアへ？　そいつはいいなあ」とか、「凄いですね、羨しいなあ」とか、そんな無責任なことしか言わなかった。

つまり、あの人たちは、ニューギニアについて、まるきり無知で認識不足だったのだ。なんという頼りにならない連中だろう。私は心の中で、彼らに当り散らしていた。

見渡せば、ヨリアピは文字通り大自然の中に埋もれていた。目の前にそそり立つ山々は緑という一つの文字では足りないほど、さまざまの緑におおわれていて、どの木も見覚えのないものばかり。川の流れは急で、水の色は泥色、バケツで汲みあげても泥は沈まない。そして暑い。しかし短い日照時間が過ぎると急激に冷える。夜、石油ランプをつければ、見たこともない無気味な虫の大群が襲いかかってくる。ああ、大変なことになってしまった。私はこれからどういうことになるのだろう。

心細さに、そっと畑中さんの顔を見上げると、彼女はにっこりと笑って言ったものだ。

「あんた、よう来てくれたわ。居たいだけ、ゆっくりしてたらええわ。簡単には帰れんところがニューギニアよ」

そもそもの発端から書いておかなければならない。わが畏友、畑中幸子さんは東京大学大学院文化人類学教室に籍をおく一学究である。著書に「南太平洋の環礁にて」(岩波新書)があり、それは彼女の最初のフィールドワークであったポリネシアについて書かれたものである。私とは十数年前、どちらも学生だった頃からの知りあいで、しいて言えば同郷だが、私は紀北、彼女は紀南の出身で、和歌山県民としての共通点はあまりない。畑中さんはポリネシアの次のフィールドワークとしてニューギニアの未開社会を選び、一年ウエストハイランドで過ごしてから昨年（一九六七年）八月まで帰国していた。学位論文を書くのが目的で、そのあと前記の著書も書き上げてから、再びニューギニアへ出かけて行ったのである。

その直前、何年ぶりかで私が会ったとき、畑中さんは論文を書くのに精力を使い果たしたという姿でふらふらになっていた。

「東京は騒がしゅうてかなわん。私はもう疲れてしもうた。早うニューギニアへ帰りたい。ニューギニアは、ほんまにええとこやで、有吉さん。私は好きやなあ」

「そう。そんなにニューギニアっていいところ？」

「うん、あんたも来てみない？　歓迎するわよ」

私はその翌年、つまり今年の前半にインドネシアへの旅行を計画していたので、インドネシアとニューギニアなら地図で見ればほんの五センチほどの距離だから、いとも簡単に畑中さんの誘いに乗ってしまったのであった。

「じゃあ、行くわ。案内してくれる？」

「よっしゃ。これで私はニューギニアでは顔なんよ。これこそニューギニアやというとこ見せたげるわ。プログラムは任せといて」

ということで、私としてはこういう機会でもなければ未開社会は覗（のぞ）けないしという、大層気楽な気持で約束してしまったのであった。

去年の八月、貨物船でニューギニアについた畑中さんから、オーストラリア政府が家を建ててくれた、畑もつくったから、あなたの着く頃は、あなたは私の汗の結晶を食べられるわよ、などという楽しい手紙が届いた。私の方はその頃、芝居の演出があったり、連載小説の完結があったり、新年早々の旅立ち前で忙殺されたりして、東南アジア旅行の予定がきまるとすぐニューギニア到着の日時を連絡した。畑中さんのところから東京までの手紙は、運のいいときで十二日、長くかかるときは二十日間ぐらいかかってしまうので、どちらの手紙も食い違いが多かった。私が日程を知らせて数日後に、「あなた本当に来るつもり？」などという念押しの手紙が来たり、「予定を変更して途中で日本へ帰るときは、すぐ知らせてね。ウイワックまで出るのにかかる五十四ドルがもったいないから」などと畑中さんから言ってくる。後で考えれば、そこの段階で気がついてもよかったのだが、私はその都度すぐ筆をとって、「行くと言ったら行きます」だとか、「予定は絶対に変更しませんから、ウイワックまでは必ず降りて来ていて下さい」などと書き送った。

「川の水が茶色いので、私は消毒液を落して飲んでいるけれど、あなたは携帯用のロカ器を持って来た方がいいと思うわ」という手紙があったので、すぐにその道の専門家に頼んで携帯用の他に一年間保証付きの大きなロカ器も買込んで船荷にして送り出した。そのときは、まさか私が現地で茶色い水を平気でガブガブ飲むような事態にたち到ろうとは夢にも思わなかった。アノラックも、スリーピングバッグも、キャラバンシューズも、特別あつらえの絹の蚊帳(かや)も一式揃えて送り出したが、生れてから一度も山登りなどしたことのない私は、自分がそれらを使って暮しているところを想像してみても何の実感も湧かなかった。何しろ私は忙しすぎた。年末に終る筈の連載小説が、登場人物たちが勝手に動き、それぞれに自己主張するものだから、翌年の七月号の分まで書き溜めしなければならなかったのである。だから頭は、その「出雲の阿(お)国(くに)」一本に集中していて、とてもニューギニアまでは思いが及ばなかったと言えば言える。しかも書き溜めの最中に風邪をひいた。インドネシアで四歳から十一歳まで過ごしているので、冬には滅法弱いのである。

年が明けると私は風邪薬をたっぷり持って、羽田空港から飛び上った。すると不思議なくらいケロリと風邪の方は治ってしまって、第二の故郷、東南アジアの風物にたちまち酔って夢中になっていた。熱帯は、私にとって木も草も、人々の肌の色も懐しく、四分の一世紀昔には自由に喋(しゃべ)ることのできたインドネシア語が、どんどん甦(よみがえ)ってくるのに嬉々として、ときのたつのを忘れてしまった。

そうして日本を出てから二カ月も後になって、私はようやくニューギニアへ着くことになったのである。

2

二十五年ぶりのインドネシアでは一日も無駄にせず来年（一九六九年）の小説の舞台になる場所をせっせと見てまわった。構想はもう何年も前に出来上っていたものだが、そうしていると心が昂（たかぶ）ってきて、次がニューギニアだということまで考える余裕がなかった。

ジャカルタからニューギニアへの最短距離は、もちろん直線コースだが、これは西イリアンを経由するので多分に危険をともなう。考えられる最良の方法としては、ジャカルタからマニラへ飛んで、そこからポートモレスビーへ直行することであったが、私が日本で選んだエージェントの担当者は、ジャカルタ、マニラ間のフライトはないと言った。そんなことはない筈だからもう一度調べて下さいと頼んで、二日の時間をあげたのに、どう調べてもないというので、私はジャカルタからオーストラリアのパースを経てシドニーに一泊し、そこからポートモレスビーへと大廻りをすることになった。あれだけ念を押してもなかったのだからと、ジャカルタではあちこち飛び歩いて、さて出発間近くなって人に訊くと、ガルーダ航空は週に一度ジャカルタとマニラを往復しているというではないか。私は逆上したが、畑中さんと打合せてある日時の手前、もう飛行機を変えることができない。そこで時間もお金も何もかも無駄と分りきった大廻り道を飛ぶしかなかったのだ。

私がなぜこんなことを長々と書くかと言えば、外国旅行を扱っている航空会社やエージェントは沢山あるけれども、しっかりしたところを選ばねばならないということを、今度の旅行ほど骨身にしみて感じたことはなかったからである。これから外国旅行をなさる方々のために、これは言っておきたい。このとき、この会社のミスは、この一事だけでなく、全部で四度もあり、その都度、私は旅先で立往生をしたのだった。外国で一人旅で、エージェントの手違いやミスに気がついたときほど途方に暮れることはない。私はジャカルタからシドニーまで八時間以上の長い時間、あれを思い出し、これを考えてはひたすら激怒していた。本来ならばポートモレスビーに到着している頃、私はようやくシドニーで、それもホテルには夜の十一時に着いて翌朝五時には飛び起きるというハード・スケジュールになっているのである。

翌日の昼過ぎポートモレスビーに着いたときは、私は怒りと睡眠不足と疲れとで、ふらふらになってしまっていた。ここでウイワック行きの飛行機に乗り換えるまで約一時間あり、税関で、かなり厳しい質問を受けた。シドニーの税関でも荷物をひろげたあとなので、同じオーストラリア領で、どうしてこういうことをするのだろうかと思ったが、税関吏は念入りにトランプなどの賭博用品は持っていないかと訊いたものだ。あやしげな絵や本の類も、持っていたら取上げられるらしかった。私の行き先は、オーストラリア領のパプア（ニューギニア東南部）でなく、国連からオーストラリアが委任されて信託統治をしているテリトリーであるために、一層神経質になっているのだということには後になって気がついた。一九七〇年には西イリアンに呼応して東側も独立するという動きがあるので、そのためにもニューギニア人に危害を与えるものは歓迎しない方針らしい。

さて、いよいよニューギニアの入口に着いたもののポートモレスビーは田舎の小さな飛行場みたいで、パプア人たちもいるけれど、みんな服を着てあたり前の格好をしているし、疲れていたせいもあって私には格別の感激はなかった。白人と現地人が入り混っている光景は、すでに二カ月あちこちの国で見てきた後なので、目新しいものではなかったのである。それよりも、それまで乗ってきたジェット機でなく、プロペラ機に乗り換えることの方がちょっと心配だった。それは小さな飛行機で三十人分も座席があっただろうか。巡査の制服を着た三人ばかりのニューギニア人が混っていたが、私の隣も白人だったし、ちょっと誰か現地人と話してみたかったが、それはできなかった。それに私は今度の旅行が手違いだらけだったので取越苦労をするようになり、もしウイワックに着いてから畑中さんが来ていなかったらどうしようかと、そればかり心配していた。何しろ畑中さんはニューギニアへ来たら任せておいてねと言ったし、私もすっかりその気だったので、何の予定も計画も私一人では持ちあわせがなかったのだ。旅行前はインドネシアに関する新刊書を持って出て暇があれば読んでいたので、ニューギニアについてはまるで白紙の状態だった。

しかしまあ私の多少の名誉のために言っておくが、私がニューギニアに関する本も紹介書もまるで見たことがないというわけではない。原始の国、未開の国、ジャングル、パプア族の奇習、彼らの極楽鳥の羽で飾りたてた正装の絵はがきなどは、もう沢山というほど知っていた。しかし私は、実のところそれらについてはタカをくっていたのである。ハワイだって、タイのミャオ族だって、原始生活を営んでいる種族たちはいるが、彼らのほとんどは観光用に暮していて、日本でいえば大島のアンコや島原の太夫たちと大差ないのだ。ニューギニアだって、またそんなものだろう。彼らの飾っているビーズ玉なんかは、プラスチック製になっているのではないか（これだけは本当にその通りだった）。その証拠には、ポートモレスビーの空港で見かけたパプア人たちは、粗末なものでもともかく着ていたし、男たちは腕時計をし、色眼鏡をかけ、靴下をきちんとはいて靴もはいていた。一九七〇年には独立するというのだ。それまでもうあと三年しかないのだから、これは当然というものではないか。

ポートモレスビーを飛び立った飛行機は、やがてテリトリーで一番大きな都会であるラエに着いて、いよいよマダンからウイワックに向った。どの飛行場も小さくて、空港の建物はバラックだった。土産物屋があったのはラエだけである。ここで見かけたネイティブたちは、上半身は逞しい褐色の肌を誇らしげにあらわにしていたが、例外なくパンツをはいていて、着陸した飛行機から荷物を下ろしたり、新たに積込んだり、キビキビと働いていた。暑い国なのだから、シャツを着ていないからといって彼らの文明度をはかる基準にはならない。東南アジアのどの独立国だって上半身が裸で、素足で歩いている人たちはいくらもいた。靴などという窮屈なものをはかなくたって、熱帯ではその方が足がむれて水虫になる心配がないだけでもよいというものだ。

飛んでいる飛行機の窓から下を見下ろすと、海が青く緑に揺れ、海岸線が絵のように美しい。遥かに、あれがジャングルかしらんと思える暗緑色の地帯が見えたが、飛行機は海岸沿いに飛んでいたので、私には少しもそれが怖ろしいものとは思えなかった。要するに、この時点でも私はまだニューギニアに対して心の準備はできていなかったのだと言っていい。

ウイワックでは、東セピックの地方長官の家に一泊させてもらうことになっていたので、少しは立派な空港だろうかと思っていたが、それはやはり日本の片田舎の飛行場より小さな規模のもので、建物は相変らずバラック。マダンともラエとも大差なかった。違っていたのはその建物の中に、小柄な畑中さんが紺色のツーピースを着て立っていたことで、私を認めると彼女は走ってきて、

「あんた、やっぱり来たわねえ。よう来たねえ。まさか、まさかと思ってたのに」

抱きついて、こんなことを口走るのである。いくら再会が嬉しいといっても、随分大げさなことを言うひとだなと私はあっけにとられた。行くといって最初から旅程に組んでいたのだから、まさかと思うことはないじゃないかと思う。飛行機に乗り続けで、ぼうっとしていたから、私はこの畑中さんの歓迎の辞からニューギニアの現実を読みとる余裕はなかった。

ウイワックに着いたその日は怖ろしく忙しいことになった。二カ月前に送っておいた船便が届いていたので、それを解体して数個の手荷物に作り直した。町へ買物に出かけ、缶詰の食品を買った。

「贅沢品ばかりやけどね、あんたは私のような食生活はようせんやろから。お米も買うておきましたよ」

私は一週間ぐらいで帰ってくるつもりだったから、私の好みのものを十幾つか買ったが、畑中さんは一々点検して、

「こんなもん仰山買うて、あんたどうする気や。いらん、いらん」

と大半は不合格になってしまった。

畑中さんはその他に釣糸と釣針、それから男もののパンツを二枚に洗濯石鹸を買込んだ。スーパーマーケットだから、なんでもあるのだ。私はちょっとしゃれた耐火陶器のスープ皿があったので、畑中さんに見つからないように、そっと買って、お金を払ってしまった。

私は去年出版した本が、作家になって以来初めての売れ行きを示したので、大変お金があるのだと畑中さんに説明したのだが、畑中さんは頑(かたく)なに首を振って、

「ニューギニアは私のフランチャイズやからね、あんたにお金は使わせへんよ」

と言うのである。

「それにあんた、トマトといんげん豆が食べきれんほどとれるようになってるんやで。葱(ねぎ)もあるよ。胡瓜(きゅうり)もある。もう野菜には不自由せえへんのよ」

二斤の食パンを買うと、畑中さんはビニール袋を三重にして、その中に包みこみ、大事そうに抱きかかえた。

「こうしておかんと、匂いが移るんでね」

「何の匂い？」

「ネイティブの匂いやねん」

「どんな匂い？」

「筆舌につくしがたいわ、あれは。臭い臭い、鼻がちぎれそうになるのよ」

「体臭?」
「だけやないね。風呂に入れへんし、なんせ躰中に豚の脂塗りたくってあるやろ? もの凄う臭いんや。私がまた特別、鼻がようきくんでねえ、あんたは平気かしれへんけど」

この話も私はあまり切実なものとして受取らなかった。私は東南アジアの国々をまわってきて、水浴（マンデー）する民族と親しんだ後であったから、畑中さんのいるヨリアピはオム川という川のすぐそばだというのだから、シシミンたちも水浴びして常に清潔を保っているのではないか。南方の人々は、水で洗うことを億劫（おっくう）がらないのだから、畑中さんが大げさに言うほどのことはあるまいと思っていた。私は更に、十年ばかり前に没頭して読んでいたアメリカン・ニグロに関する書物の中で、彼らの体臭が強烈だというのは一種の迷信であって、白人と同じくらいの個人差があるだけだという一文も思い出していた。

その夜は、セピック地方の長官の家のゲストハウスに泊ることになっていた。戦争中は日本海軍の司令部のあったところで、大きな防空壕がそのまま残っていた。その中にはつい一月ばかり前に遺骨収集団が来るまで飯盒（はんごう）や何かがごろごろ転がっていたという。今はその上に緑の芝生がひろがり、熱帯の花々が咲き、甘酸（あまずっぱ）い香をただよわせているけれども、防空壕の入口から中を覗いたときの無気味な暗黒はしばらく忘れることができないものだった。

「戦争の遺跡は、あっちこっちに残っているのよ。こんなところまできて負け戦で、兵隊さんはえらかったやろなあと思うわ」

「ウイワックでは全滅したんですってねえ」

「そう。私の見付けた飯盒には、石の片か何かで、山田と中村って死にぎわに名だけでも残そうとしたんやないかしらん、掻き傷のようなものがついていた」

広い庭を食事の時間がくるまで逍遥しながら、しばらく私たちは言葉がなかった。遠く海鳴りが聞こえていた。

地方長官夫妻が、その夜は私たち二人を招いて下さった。が、私たちの他に、パプア地方の官吏たちが数人、客として同じ卓を囲んでいた。みんなオーストラリア人で、言うまでもなく白人であり、英語を話す。席上、みんなの質問は畑中さんに集中した。彼女がニューギニアではかなりの有名人であるらしいことがよく分る光景だった。畑中さんは自分が、一九六五年に政府に発見されたシシミンという一種族の調査をしていることと、それについて、この半年の間に摑めた事柄を慎重に話していた。

「ヨリアピというところへは、どうやって行くのですか」

「ウイワックからオクサプミンまでキリスト教ミッションの飛行機（ＭＡＬ）が週に一度飛んでいますので、私たちは明朝、それに乗るつもりです。オクサプミンからヨリアピは歩くより他に方法はありません」

「どのくらい歩くのですか」

「二日です」

「一日にどのくらい歩きますか」

「はい、十一時間です」

そのとき卓上のお料理は大層おいしかったので、私は会話に加わらずにひたすら食欲に専念していたのだが、ここへきて思わず手に持っていたフォークを落すほど驚いた。

「十一時間ですって？」

「そうよ」

「誰が歩くの？」

「あんたと私」

「それは無理よ、私はゴルフのコースだって十八ホールまわる頃は口もきけなくなるのよ。十一時間なんて、とても駄目だわ。私は東京の日本橋では白木屋と三越の間だってタクシーに乗るのよ」

「ここまで来て、そんなこと言われても困るなあ。ニューギニアの山奥はタクシーどころかジープも通れへんのよ」

この会話はオーストラリア人たちの手前、英語で交わされたもので、みんなげらげら笑って聞いていたが、私は笑うどころではなかった。一日に十一時間！　東京では歩くなどということとはおよそ無縁で、運動不足が当然という生活をもう何年も続けている私だ。

「あんたが疲れたら、三日にしてもええけどね」

「そうして頂だい」

「うん」

畑中さんが、あっさり承知したので私は簡単に安心してしまった。三日で二十二時間を割っても一日に七、八時間は歩くのだという勘定を、愚かにも私は忘れていた。

そして翌朝、スラックス姿で颯爽（さっそう）とＭＡＬの小さな小さな飛行場まで車で乗りつけた私は、辺りを見まわしても乗るべき飛行機が見当らないので、畑中さんに訊いた。

「定刻十五分前だけど、まだ飛行機は来ていないわねえ」

「来てますよ。それですよ」

「え？」

畑中さんは、荷物の重さを計ってもらうのにかかっていて、面倒くさそうに私たちのすぐ目の前にある玩具のような小さな飛行機を指さすと向うへ行ってしまった。

私は愕然とした。立ちすくんでいた。これに、私が乗るというのか。

それは、まったく小さくて、００７が映画の中でスーツケースから取出し、見る間に組立てた戦闘機とよく似ていた。パイロットが前に乗り、私たちが後に並んで坐ると、もう身動きできないほど小さいのだ。私はあまりのことに言葉を失っていると、畑中さんは勢いよく座席のベルトを締めながら叫んだ。

「あんた、運ええなあ。こんな大きいセスナ、私は久しぶりで乗るわ」

3

蒼ざめている私を乗せたセスナは、翼をブルンブルンと震わし、機体をミシミシと鳴らしながら、やがて飛び上った。今にもバラバラと空中分解するのではないかという妄想に胸をしめつけられて私は息苦しかった。私は今から取り返しのつかないことをしようとしているのではないか。こんな玩具みたいな、それも男の子が乱暴に使い古してオンボロになった玩具みたいなガタガタのセスナに乗って、本当に大丈夫なのだろうか。

「オクサプミンまで、どのくらいかかるの？」

「早くて一時間半やね。風の具合で二時間かかることもあるし、それに」

「それに？」

「オクサプミンは高い高い山の中にチョコンとあるベースやねん。そやからよう雨が降ってねえ、着陸できんことがしょっちゅうや」

「着陸できなくなると、どうなるのよ」

「ぐるぐる雲の上を飛んで油の切れそうになるまで晴れるのを待つんや」

「油が切れたら？」

「落ちるがな」

「ええ！」

「大丈夫、油の切れんうちに戻るよ。心配しなさんな」

畑中さんは、闊達（かったつ）な笑い声をあげて私の肩を叩き、私はその震動で機体がミシミシといったような気がして、いよいよ蒼くなった。

「あんた、安心してなさい。パイロットは神父さんやからね、落ちればまっすぐ天国へ行けますよ」

　こんなときに、よくもこんな冗談が言えたものだ。私は責任を持って育てなければならない子供がいるのだから、たとえ行き先が天国でも、まだ当分は行きたくない。絶対に行くわけにはいかない。

「あんた眼ェすえて、どこ見てるん。下を見なさいよ、下を。全部ジャングルやで。これがニューギニアというところですよ」

　こわごわ窓から下を見ると、一面の暗緑色である。しかし、あまり高く飛んでいないので一本一本の樹木がはっきりと見える。よく見ると、ところどころに一木一草も生えていない地帯がある。まるで学校の運動場のようなものがある。それらは荒地であったり、泥沼であったり、政府のベースであったり、ある種族の家が密集しているところであったりした。

畑中さんは神父といったが、セスナの操縦桿を握っているのは若い牧師で、半ズボンに半袖のポロシャツ姿だった。彼はときどき身をのり出すようにして下を覗く。そういうところには必ず草ぶきの小さな屋根が集っていて、つまり彼はよそ見をするのである。その度に私はハラハラしたが、まさか注意するわけにもいかない。

暗緑色のあいまに、まるでゴルフコースのような鮮やかな緑がひろがっていることもあった。

「あれは何？」

「草原や。ヨリアピの私の家の前がずっとこんな草原やで」

私はそれで、畑中さんのヨリアピの家がすてきな緑の絨緞を敷き詰めたような芝生にとりまかれているところを想像したのだから、後になって自分でも呆れてしまう。しかし、セスナから見下した限りでは、そのときそう見えたのだから仕方がない。

「今、何が見える？」

「何かしら。芝生のかたまりみたいなものがあっちこっちにあって。あ、湖だ」

「底なし沼やで。浮草が島みたいになってるんよ。ここに落ちたら何も出てこんという話やわ」

どうしてこう落ちる落ちるという話をするのかと、私は半ば呆れ、半ば恨みがましく畑中さんの横顔を見た。すると、そんな話をしている畑中さんの顔色が、まっ青になっているのだ。ここに到って私はまったく絶望的な気持になった。怖いのだ、畑中さんも。口では勇ましげに、落ちても平気だと装っているが、その実は芯から怖いのだ。でなくて、このただならない顔色はないだろう。

畑中さんは座席の背中にのびたような姿になり、顔は仰向けているが眼は瞑っていた。

「今、何が見える？」

自分は怖いものだから、とても下を見ることができないのだな、と私は思った。すると妙なもので、急に心が鎮まってきた。私は落着きはらって下を眺め、ゆっくりと説明した。

「川だわね。大きな川らしいけど、面白いわ。デコレーションケーキにチョコレートで英語を書いたように華やかに曲りくねっているわよ」

「それが有名なセピック川やねん」

「そう？　こう曲りくねっていたのでは、洪水になったら大変でしょうねえ」

畑中さんは黙っていて答えない。顔色は、いよいよ青い。この人は恐怖で死にそうになっているのだろうか。そんな怖い思いまでして、どうしてまたこの人は、こんなニューギニアをフィールドワークに選んだのか。私は眉をひそめて畑中さんの様子を眺めていた。

随分たってから、畑中さんが言った。

「あんた、手拭い持ってる？」

「手拭いやタオルは荷物の中よ。ハンカチなら持ってるけど」

「貸して」

「どうしたの？」

「酔うたんや。気持が悪い。私は乗物には弱いんでねえ、それでウイワックまで迎えに出るの嫌やったんよ」

私は慌てて（あわ）ハンドバッグから持っているハンカチを引張り出したが、畑中さんはそれを鷲づかみにすると口に当て、また眼を瞑った。

「大丈夫？」

「苦しいわ。落ちてもええから止ってほしいくらいや」

「冗談じゃないわよ。ここで落ちたらどうなると思うのよ」

「絶対に助かれへんな。ジャングルの中にもぐってしまうから、上から探しても見つかれへん。何年かたってからネイティブが見つけて、セスナの部品や乗ってた人間の持物を首や鼻にさげて飾るやろ。それをキャプ（パトロール・オフィサー）が見つけて、それどこで拾うたか言うて、それから探索隊が出かけて発見ということになっても、私らその頃は白骨やね」

セスナに酔って死ぬほど苦しいというのに、よくもまあこんなことを次から次に言えるものだ。白骨とはなんだ、白骨とは。ガタガタ飛んでいる最中に縁起でもない。たまりかねて私が文句を言うと、青い顔のままで畑中さんはニヤリと笑って、

「そやけど、あんたのハンドバッグの止め金なあ、落ちて外れたらネイティブが大喜びして鼻に刺すよ」

などとまだ言うのである。

「こんなものが、どうやって鼻にはまるの」

「はまるよ。シシミンでもドラムミンでも鼻の先は幾つも穴があいてるもん」

よく揺れるセスナだった。私も大分胸がムカムカしてきた。何より怖いのは、ガタガタミシミシと翼や胴が鳴ることである。

「ニューギニアは、こういうセスナばっかり飛んでるの？」

「うん。ミッションのと政府のと、この二種類や」

「落ちない？」

「よう落ちてるようやで。ニュースにもならんくらいや」

どうして何を話しても落ちる話になってしまうのだろう。私は心から溜息をつき、

しかしまだ肝っ玉が据わるところまで行かずに、うろうろと窓の外を眺めていた。まったく、このジャングルはいつまで続くというのだろう。ウイワックを飛び上ったところから、まだ一度も眼下に町らしいものが見えたことがないのだ。見渡す限り原始林なのだ。一時間以上も同じ景色なのだから見あきてしまうのも当然だ。だから思うことは、無事に着くのだろうかどうだろうかということである。日本では国内航空でも救命具の付け方を機内で客に示すサービスがあるのに、このセスナにのるときはそんな注意は一切なかったし、どこにも救命具らしいものは見当らない。もっとも、かりにパラシュートで降りたとしてもそれで傷一つ受けずに地上に着陸できたところで、こんなところでは歩きまわった末に餓死するのがオチなのだろう。私は心の中で幾度も両手を振ってはらいよけようとしながらも、最悪の事態しか思い浮かばないので当惑していた。

しかし幸いなことに、畑中さんの酔いも最悪の事態に至らず、雨の多いオクサプミンもこの日は快晴に恵まれ、風も追い風だったのか予定時間より十五分も早く、私たちはオクサプミンの飛行場の芝生の上に降りたったのであった。

このときも私には失策があって、セスナが下降しはじめたときに、急いでオクサプミン近辺の地形を観察しておくべきであったのだ。しかし私も終りごろには畑中さんの酔いに感染して気持が悪く、下を向くとムカついてくるので姿勢としては天を仰ぎ、つまり現実にはセスナの鈍い銀色のアルミみたいな天井を眺めてただ不安のままに眼も閉じてもいられなかったのであった。もっとも、もともとがどんな詳しい地図を見たって、山が険しいかどうかということはもとより、距離感だって分りはしないのだけれども、読者には私が後で調べた概略の地図を参照して頂こう。

御承知のように、ニューギニアは南太平洋上に浮かぶ一つの巨大な島である。私がセスナで飛んだ限りでは、それは大陸であったが、少なくとも地図の上では島だ。未だに私の実感では島とも思えないのだけれども。

それはオーストラリアの北にあって、大きさでは世界第二の島だということである。面積七七一、九〇〇平方キロメートル。東経一四一度の子午線を境に西はインドネシア領で西イリアンと呼ばれている。この人口が約七十万。東はビスマーク山脈が分水嶺になって、そこから南半分がオーストラリア領、これが通常パプアと呼ばれている。人口は四四六、一六三（一九五五年の推定）。さて東の北半分が畑中さんのいるわれらのニューギニアで、オーストラリア信託統治領であり、北東のビスマーク諸島やブーゲンビル島なども含めてテリトリー・オブ・ニューギニアと呼ばれている。人口一、二五四、一六〇（一九五五年の推定）。人口統計が推定であるところに御注意いただきたい。正確なところは、それから十三年たった現在だって分っていないのである。畑中さんの研究対象であるシシミン族も、政府の方では人数がまるで分ってなくて、畑中さんも百五十人までは勘定したが、もっといるのではないかと言っている。狩猟族なので種族がテンデンバラバラに動いているから総人口をつかまえるのが難しいのである。テリトリーの首都は、もとはニューブリテン島のラバウルであったが、今はパプアのポートモレスビーに政庁が置かれている。

平凡社の世界大百科事典によれば、その地勢は左の如くである。

「脊稜山脈は……南のボンベライ半島に一、〇〇〇メートル内外の丘陵性山地を起すにすぎないが、胴体部で急に高まり、ナッソー、オレンジ、ビスマーク、オーウェン・スタンリーなどの山脈が連なり、尾部におよぶ。……最高峰カルステンス・トッペン（五、〇三〇メートル）をはじめ標高三、〇〇〇〜五、〇〇〇メートルの高山が肩を並べ、氷河をいただくものもある」

お恥ずかしいが私がこの部分を読んだのは、この原稿を書くのに正確を期するために取出した、たった今である。写しているうちに冷汗が出た。日本の霊峰富士が四、〇〇〇メートルに到らない山ではなかったか。私たちが出かけて行ったオクサプミンは、カルステンス・トッペン山とウイルヘルミナ山の恰度（ちょうど）まん中にある山岳地帯だったのだ。西イリアンにもパプアにも近い正真正銘の険しい奥地だったのだ。ああ、それを畑中さんが「ええとこや」と言うのを信じ、なんの心準備もせずに出かけて行ったのだから、我ながら今更のように呆れてしまう。

さて、オクサプミン。

大きな山の噴火口が縁をもったような盆地で、玩具のようなプレハブ式の家がそう十軒もあったろうか、大半はまだ完成していなかったけれども。それに草葺きの屋根に籐編みの壁を持ったネイティブたちの家が十数軒。家といえるものはただそれだけなのに、小さな空港には制服制帽のポリスたちと一緒に上半身まる出しの女たち、豚の歯で作った首飾りをかけている男たちなどポートモレスビーやウイワックでは見ることのできなかった人々がいた。しかし男の大方は半ズボンをはいていたので、なんだ原始的といってもこの程度のところだったのかと私は拍子抜けしたくらいだった。

「随分ひらけているじゃないの」

「そう思う？　日本から来た人たちは、テレビの連中でも、このオクサプミンまでで、結構びっくりして帰ったのよ」

「へええ」

「極楽鳥は、そこのテキンまで行く途中で、頭の上をビュンビュン飛び交うわ」

オクサプミンに白人文明が入ったのは、一九六一年に、すぐ隣のテキンにキリスト教伝道団が来て以来だから、まだ七年しかたっていない。パトロール・オフィスが中央にあって、そこに白人のキャップが一人いるだけで、あとはネイティブのポリスが二十余人集っている。

「彼らは何をしているの？」

「さあ、種族同士で戦争が起こると鎮めに行くのが任務やな。そういうことのない間は、閑を持て余しているよ」

どの家も屋根はトタンで、雨水を溜める仕掛けがしてある。これはウイワックでも同じだった。私たちはキャプの宿所にベッドルームが三つあったので、そのうちの一部屋に入り、ベッドの上に寝袋をひろげ、私は生れて初めてそういうもので眠るので英雄的な気持になった。

「あのねえ、有吉さん」

石油ランプを消してから、畑中さんが話しかけてきた。

「明日の朝から出発やけどねえ、あんた二日のコースより、大回りして九日歩けへんか。ちょっとしんどいけども、カルゴボーイに食糧担がすんでお金もかかるけどもその方が景色もええし、これがほんまのニューギニアやという感激があるわよ」

「結構よ、私は三日だけで」

「九日は、嫌か」

「正直に言って嫌だわ」

「そうか、残念やなあ。九日歩けばニューギニアを堪能できるのに」

間もなく畑中さんの寝息が聞こえてきた。明日の朝は早いらしいから、私も早く眠らなければいけない。

しかし畑中さんも、なんというのんびりした人だろう。九日も歩くなんて！　九日たてば、私はヨリアピからまた、このオクサプミンへ戻ってくる筈ではないか。それからは町へ戻って、私は気楽な観光旅行をするつもりであった。この計画が翌日にな って根底からひっくり返り、私自身が心身ともに滅茶滅茶になってしまうとは、その夜は神ならぬ身の知る由もなかった。

4

翌朝、私は私なりにハッスルしていた。歩くことが大嫌いだったのに、事ここに到っては歩くことに決まったのだし、それは私の人生では初めてといっていい経験で（まったくその通りだった！）、だから、私は一人前の登山家のような身なりをしていた。ツバ広の木綿の帽子はバンコクで買ったニュー・ファッションである。日本で、それが似合うギリギリの年齢だといって感嘆されたことのあるブルージンのスラックス。袖の長い黄色いシャツは今日のために特別に誂えたものであった。生れて初めてキャラバンシューズもはいた。木綿の靴下の上からウールの靴下を重ねてはき、キャラバンシューズの編上げ紐を締め上げると、足首がきゅっと締まって、大層いい気持だった。私は颯爽として、寝袋を丸めてケースに突っこむと、それをぶらさげて家の外へ出た。今夜もこれの厄介になり、ジャングルの中で野宿するのだと思うと、またしても英雄的な気分になる。

家の前では、もう畑中さんが、十数人のオクサプミン族を集めて、タニムトーク

（通訳）を使いながら点呼をとり、担ぐべき荷物を点検しては一つ一つ注意して渡していた。オクサプミンは一九六一年に開けたので、ピジンがかなり分るらしい。畑中さんは、タニムトークを使うのが面倒になると大声でピジンで直接彼らに話しかける。私が持ってきた水のロカ器を一人に渡すとき、畑中さんは怖い顔をして爆発する真似をしながら、

「エミ・バーガラップ・バム。ユー・ダイ・フィニッシュ。ええか、分ったか！」

何度も繰返してユー・ダイ・フィニッシュと言っているので、私は横合から、そっと訊いた。

「バーガラップって、何なの？」

「壊れるという意味のピジンよ」

「まあ、まさかロカ器が壊れたからって、爆発して死んじまうようなことはないわよ」

私は笑い出したが、畑中さんはニコリともせずに首を振って、

「そのくらいに言わんと、この連中は岩にぶつけたり投げおろしたり、なんでも滅茶滅茶にしよるんや。カン詰でもなんでも、ヨリアピについたらみんなイビツになってるんよ。こないだはランプのガラス破られて、本当に困ったんやで」

そこで畑中さんはまた、これを壊すとお前は死んじまうぞと大声で叫んで、ロカ器

を恭々(うやうや)しく持ち上げて渡した。渡されたオクサプミン・ボーイは、まるで原爆を受取ったような厳粛な顔をして、横合からもう一人が覗きこむのを叱りとばした。私は笑いを押し殺し、いくら畑中さんの言う通りでも、これはちょっと気の毒だと、しきりと彼に同情した。

　ライフルを担いだポリスが一人、私たちの護衛についてくるという。テルフォーミン出身でピジンを話す。温和な顔をしていて、名前はオブリシンといった。

「紹介しとくわ。これがテアテアと言って私のハウスクックや。彼だけがこの中でシシミン族なんよ。彼は生れて初めて他郷へ出て、私の帰りを待ってたというわけ。テアテア、ジャパンのビッグペラ・ミセズ（偉い女）やぞ」

　テアテアは当然ピジンができないので、私をちょっと見ただけで挨拶らしい挨拶はなかった。私もなんといったものかと迷ったが、英語をつかうことはないと思い、「こんにちは」と日本語で挨拶した。畑中さんも、ときどき乱暴な関西弁をまぜて怒(ど)鳴(な)っているので、それにならったのである。

　このテアテアは、大勢いるオクサプミンたちの中で見ると、確かにちょっと開け足りない感じがあった。人相もまるで違う。肌は同じように黒いけれども、眼がお人形のように大きくて、長い睫毛(まつげ)がカールしている。オクサプミンたちが小兵(こひょう)で精力的な感じなのに対して、テアテアはどこか力が抜けていて、オドオドしているように見えた。肌も、ひどくきたない。畑中さんは、彼に小さなリュックサックを担がせ、その中にウイワックから抱いて持ってきた食パンをしまいこんだ。

「つぶすなよ、つぶしたら承知せんぞ。分ったか」

分るはずがない。畑中さんは日本語で命令しているのだから。この頃から私は、畑中さんについて、私は過去十数年の交友関係で、彼女をかなり誤解していたのではないかと疑うようになった。私の知っていた畑中さんは、こんな大声を出したり、こんな乱暴な言葉づかいをする人では決してなかった。読者の中に畑中さんを知る方がいらしたら、この私の一文の中の畑中幸子さんを別人だとお思いになるだろう。それはまったくその通りなのだ。私はジャングルの奥深く入れば入るほど、それまで私の知っていた畑中さんと、まるきり別の人と行を共にしているという思いを深くしていた。

畑中さんと私は、だいたい同い年である。畑中さんの方が六カ月早く生れているのだが、小柄な畑中さんは私よりずっと若く見える。御本人もそれが得意らしくて、ヨリアピに着いてからも集ってくるシシミンをつかまえては彼女と私とどちらが若いと思うかと質問した。文明人のように相手の感情を忖度するような習慣のないシシミンたちは、みんな畑中さんの方が若いと答え、彼女はいよいよ得意になっていた。私たちはもう若いと言われるのが嬉しい年齢なのである。

東京で見る畑中さんは、色白で、小柄で、黙っていて、廿日鼠が近眼鏡をかけて薄らぼんやりしているのに似た風情のある人だった。もっとも、たまにその気になって喋(しゃべ)り出すと誰も止めることができない半面はあったが、しかし、礼儀正しくて、義理に厚く、気の毒になるほど四方八方に気を使って、その結果くたびれて、ものを言うのも嫌だという具合になっているような人だったのである。それがまあ、ニューギニアでは、なんという変りようだろう。

「さあ、出発や」

畑中さんが片手を上げると、荷物を肩に担いだり、大きな袋を背にして、額で担いだりしたシシミンたちは、ベースのまわりにある一番大きな山を目ざして小走りに歩き出した。その早いこと、私が山の麓へ行く頃には一人も姿が見えなくなっていた。

「なんて早いの、あの人たち」

「うん。私が二日かかるところを、あの連中は七、八時間で着いてしまうんよ」

「それじゃ、先に行かせたの？」

「途中で待つように言うてある。そやないと私ら道に迷うもんね」

私たちというのは、畑中さんと私、ポリスのオブリシンとテアテア、それから何も持ってないオクサプミンの子供が数人。私はこの連中が何のためについてきているのか不思議だったので、畑中さんに訊くと、

「現金収入の少ないところやからね、私の荷物でも担ぎたいと集ってくるのが仰山(ぎょうさん)い

るんよ。この連中は仕事にあぶれたわけや」

と言う。

「この人たちにも払うわけ？」

「まさか。私は余分なお金は持っていませんよ」

「でも、ずっとついて来るじゃないの」

「あんたが珍しいからやろ。なんの娯楽もない連中やからねえ」

「いやだわ」

「大丈夫、途中で諦めて帰りますよ」

しかし、なかなか諦めないのが一人いた。彼は片手に大きなナイフを持っていて、それで掌をピタピタ叩きながら、畑中さんにすり寄ってはピジンで何か話しかける。

「トク・ギヤマン！」

途中で畑中さんが大声を出し、彼を睨みつけた。

「どうしたの？」

「ハウスクックに雇うてくれと言うんや。私は一人いるから、もうええと言うとるのに、彼は、テアテアはやめると言ったと言うねん」

トクというのは、トークで、話すということ。ギヤマンというのは嘘という意味。だから畑中さんは、つまり嘘つけ！と怒鳴ったわけである。

怒鳴られた相手はちょっと怯んだが、しかしまだついてくる。態度がふてぶてしく、面構えがいかにもズル賢そうな男だった。片手に抜身を下げていて、それでときどき立木をバッサリ切ったりするので、私は気味が悪かった。

「あなたはピジンはもう自由自在に話せるのね、畑中さん」

「まあな。簡単な言葉やから、あんたもすぐ覚えてしまうよ。英語とフランス語とスペイン語と中国語とドイツ語と知ってたら、すぐ分る」

それだけの語学の力があれば、なんだって分るだろうと思ったが、まぜっ返すことはできなかった。道は最初から大層急な登り坂で、行けども行けども険しくなるばかりである。いや、道などというものは最初からなかった。オブリシンやテアテアには、人の踏んだ痕はすぐ見つかるらしく、カルゴボーイたちの行った道を着実に歩いているらしかったが、私には分らない。だんだん吐く息が荒くなってきて、とても畑中さんと喋ってはいられなくなった。それでも、どうも不思議な気がしてきたので一言だけ訊いた。

「ねえ畑中さん、ジャングルまではどのくらいあるの？」

訊かれた畑中さんはびっくりしたように眼鏡の奥で小さな眼を丸くした。

「あんた、これが、ジャングルやがな」

私たちが登り出した最初からジャングルだったというのである。私は唖然とした。

私はジャングルというのは、木がむやみに生えているだけだと思っていたのだ。第一に密林という日本語訳のイメージがある。密なる林に山があるとは思えないではないか。私がそれまでに見たジャングルというのは、ターザンの映画におけるそれで、ターザンもチータも木から木へ飛び移ったりしていたが、激しい坂や岩山をよじ登ったり、滑り落ちたりするところは一つもなかった。

これがジャングルか。私は、あらためて周りを見回した。たしかに木がいっぱい生えている。それが次第に深くなって、もう空が見えない。昼近いはずなのに、まるで暑くないのは日光が木の葉に遮(さえぎ)られているからだろう。それでも登りばかりだから結構汗は出ている。私は軍手をはめた手を伸ばしては、目の前の枝につかまり、よいしょッと腕に力を入れて這い上るようになっていた。見たこともない樹木が次第に多くなる。手でつかめそうな頃合いの太さだと思って手を伸ばすと、これが根元からびっしりシャボテンのようにトゲがいっぱいついているので、思わず空(くう)をつかみ、それで重心を失って転ぶと、躰はずるずるずるッと下へ滑り落ちてしまう。日がささないところへ雨が多いから、山の土はぬるぬるになっているのだ。間もなく私の全身は文字通り泥まみれになっていた。軍手は幾度も泥をつかんで、べとべとになっていた。ターザンもターザンの恋人も殆(ほとん)ど半裸で密林の中を駈けまわっていたが、ちっとも躰はよごれていなかった。映画というのは本当に絵空ごとだなと、私は忌々(いまいま)しかった。ジヤングルに山があるなんて、いや、ジャングルがこんなに険しい山だなんて！

「この山だけ、ちょっと高いんやけどね、これ越したら、あとは丘だけやから楽やで。オクサプミンは山の天辺やけど、ヨリアピはそれから六千フィート低いところにあるんでねえ、行きは言わば下り一方や。この山さえ越せば楽なもんよ」

「じゃあ帰りはどうなるのよ」

「帰りは、きつい。登り一方になるからね」

こういう論理的な返事を聞いても、私は帰りの険しさを今から思いまわす余裕がなかった。小さいときからメートル法に親しんできた私は、オクサプミンとヨリアピの高度の差が六千フィートと聞いても、それだけの道を幾つも山を越して歩くということについて予測が立たなかった。性来の暢気もので、いかなる重大事件でも当面するまで事の重大さに気がつかないということが、私のこれまでの僅かな人生にも再三あった。にもかかわらず、このときも、私はまだ事の重大さに気がついていず、この山さえ越せば、あとは丘で楽なものだという畑中さんの言葉を少しも疑うことを知らなかったのだ。

私のすぐ後に、ライフルを肩にかけたオブリシンが黙ってついてくる。畑中さんは、もう大分前から先へ行ってしまって、テアテアも御主人さまと一緒に行ってしまって、だからオブリシンと私の二人だけが殿りになって黙々と歩いて、いや這い登っているだけになっていた。胸突き八丁というのは、見たことがないけれど、こういうものかしらん。傾斜は八十度ぐらいの坂で、木と木の間隙四十センチぐらいのところを通りぬけるのに、木の根が蛇のように土の上をのたくり這いまわっていて、気をつけないとすぐ足をすくわれる。細紐のような木の根でもワイヤーのように強靭で、私の体重が全部かかっても一度も切れたことがなかった。滑って木の根に足をひっかけようものなら、腕や躰がねじくれこんがらがって、起き上るのに一苦労だ。落ちそこなって、木の下草をつかもうとしたら、

「エミ・ノー・グッド」

オブリシンが手に持っていた木の枝で、さっとそれを払った。おかげで転落した私が憤然として何故だと聞いたら、

「エム・カイカイ・ユー」

とオブリシンが答えた。その草がお前を食べるというのである。見れば、なんの変哲もない青紫蘇のような草だったが、畑中さんに後できくと、本当に人に喰いつくのだそうで、触った部分が膿みただれるということだった。

私は軍手をはめ、長袖のシャツで、大きな帽子をかぶり、完全武装していたが、畑中さんは小さな帽子で、素手で歩いている。

途中で畑中さんが腰に手を当てて、退屈したような顔をして私を待っていた。脚力

の差は歴然たるものがあったが、私は仕方がないと思った。

ニューギニアはいいところだから来いと言い出したのは畑中さんで、私はそれを無邪気に信じてついて来ただけのことなのだから。この人だって、誰に文句も言えないだろう。

「頂上はまだ?」

「その調子では、まだまだやね。ちょっと休んでチョコレート食べよう」

「チョコレートを?」

「山歩きには、これが一番ええんやで。水を飲んだら絶対いかん」

時計を見ると十二時だった。午前八時に出発したのだから、四時間も休みなしに歩き続けたことになる。チョコレートは昼食代わりであるらしかった。カルゴボーイたちは、もうずっと前から、休んで遊んでいたらしく、上ってきた私を見て、口々に何か言った。

「あのミセズは大きいのに、遅いと言うてるよ」

畑中さんが笑いながら教えてくれたが私の自尊心は傷つかなかった。私の日頃を知っている人たちなら、四時間も山道をよく歩けたものだと手を叩いて、口々に偉かった、偉かったと言ってくれるはずだったからである。

畑中さんが私の方を指さしながらカルゴボーイたちに大声で何事か言っていたが、

やがて私の休んでいるところへ戻ってきて、

「あんたの手を曳く志望者を募ったらな、あのズルいのが志願してきたわ。ハウスクックになりたいと言ってる、あれや」

と言った。

5

ズルそうな顔つきをしているので、私たちはズルという名で呼ぶことにしていたが、そのズルが私の手を曳くというのだ。ちょっと気味が悪かったが、オブリシンは重いライフルを担いでいるし、あまり遅れても畑中さんに迷惑になるから、それからはずっとズルに手を曳いてもらって登った。右手のナイフで私の通れるように邪魔な枝を払い、足場を作っておいて左手でぐいと引揚げてくれる。その呼吸は巧みで、かなり心を使ってくれていることがわかったので、私は間もなく彼に感謝し、畑中さんからもらったチョコレートを半分やってしまった。こんな親切な人を、かりにもズルなどと呼んだのは悪かったと反省もしていた。

「空が明るうなってきた。向うに山のない証拠やで。あそこが頂上よ」

畑中さんが間もなく声をあげた。なるほど、見上げると、それまではただ暗いところだったのに、かすかに木の葉の向うが明るくなっている。私の心は勇み立ったが、脚の方は重くなる一方だった。どうもキャラバンシューズというものは、私のような素人には重すぎるのではないか、そういう気がしてきた。それに左の足の親指がどうも痛い。靴は専門家が選んでくれて、わざわざ厚い靴下をはいて大きさを見たのだから小さい筈はないのだが、どうにも足の爪が痛いのである。

随分長い間、我慢していたが、まだあと二日歩かねばならないことを考えると、早手まわしに靴をかえた方がいいように思われた。数年前からちょっと歩くときに使っている古ぼけた運動靴が、私の荷物の中には入れてあった。

「畑中さん、足の爪が痛いの」

頂上に着いてから、私が言い出すと、

「当然よ！」

畑中さんがはたき返すように答えた。

「私なんか一往復する度に指の爪はがれてるわ。今は三度目のんがはえかわりや」

そんなことを東京で一度でも聞いていれば私はニューギニアに決して出て来はしなかっただろう。しかし、今ここで愚痴をこぼしたからといって、忽然とジープや道路が目の前に現われてくるわけではないのだ。私はネイティブ（この言葉は、独立を前にしているので使ってはならないという不文律のようなものがニューギニアにいる白人たちの間に生れていた）に担がせていたパトロールボックスを開けてもらって、黙々と靴を脱ぎ、ソックスをはきかえ、編み上げ式の軽い運動靴とはきかえた。

「ああ楽だ、楽だわ。もっと早くかえればよかった」

道はようやく下りになりかかっていた。私は嬉々として駈け降り、たちまち木の根に足をすくわれ、ひっくり返り、三メートルほど墜落した。ズルを先頭とするネイティブ（その土地生れの人と訳せば私だって畑中さんだって紀州ネイティブだから、これからはこの言葉を使わせてもらう。その方が実のところニューギニアの感じが出るので）たちが、ハヤヤッハヤヤッキャヤヤッキャヤヤッと一斉に奇声をあげて囃（はや）したてた。幸いなことに土が粘土のようになっているので、どこも打たず、私も笑いながら立上ることができた。

「あんた、ニコニコしたらいけませんよ。女の地位（ステイタス）は低いところやからね、すぐなめられますよ。気ィつけて」

畑中さんの厳しい声が飛んできた。

下りは楽だという話だったが、足も腰も疲れていると、下りは重心がとりにくくて、それから幾度私は転げ落ちたか分らない。それでも少しずつ要領を覚えてきて、足で一歩一歩慎重に歩くより、運を天にまかせて眼をつぶって落っこちる方が、よっぽど楽だし早いということが分った。ズルもすぐに私の方針を悟ったらしくて、急な坂に来ると手を放し、勝手に滑らせて傍観している。私が木の根にひっかかってバタバタしていても助けにも来なくなってしまった。畑中さんは、それを目ざとく見つけて、

「ズルが働かんようになったね。それで手間賃払うたら教育に悪いから、交替させるわ」と、ちょっと人の好さそうな顔をしたネイティブの荷物をズルに肩替りさせ、人の好さそうなのに私の手を曳かせた。ズルは、ひどく機嫌の悪い顔になって、たちまち先へ駈けて行き、姿が見えなくなってしまった。

ズルと交替したネイティブは忠実この上なく私の手を持ったものの、何故手を持っているのか、なんのために手を曳いているのか、そこのところがまったく分っていないらしくて、登りにきても、ちょっと手をもちあげているだけで、私の躰をひっぱったり、重心を失ったときの支えになったりということができない。畑中さんも気がついて、ミセズを引張るのがお前の任務なのだと言いきかせてくれた。イエスと答えた彼は、それからは言われた通りに引張るのだが、下りにかかっても引張るので、私はその度に転んだり、墜落したり、えらい目にあった。ズルはやっぱり知恵才覚があったなと、しみじみ思った。人間の知恵というものは、まず、ああいう形で発育していくものかしらんと思いながらも、私は遂に大声で、引張るなと叫び、彼は二人のミセズの異った命令の前で、まったく当惑してしまい、また前の通り私と手をつないで、登り坂にかかっても引張らず、下り坂になっても支えず、つまり何の役にも立たなくなってしまった。

「この程度の道は、ネイティブには、なんでもないからね、なんで手を曳かんならんのか、わけが分れへんのやろ。こっちから見てるとオテーテ、ツーナイデみたいだわ。デートというところやね」

畑中さんが笑ったが、私はもうへとへとに疲れていて、笑い返すことができない。靴をはきかえてから足の痛みはずっと楽になっていたが、下り坂といっても間に大木が倒れていて、それを乗り越えるのだって片足でひょいと気軽くというわけにはいかないのである。直径一メートルぐらいの幹が横倒しになっているのだから、やっぱり全力をあげてよじ登って滑り落ちなければならない。密林の中は陽光がささないので、こういう木は例外なくぶよぶよに腐っていて、キノコがいっぱい生えている。形も色も見たことのない珍しいものばかりだったが、そんなものを観賞する余裕はもちろんなかった。

「キノコは気をつけてよ。喰いつくのがあるからね」

畑中さんが、何度も言った。

ニューギニアのジャングルでは、ハッパもキノコも喰いつくのか。まさかと思って顔をあげると、

「ほんまやで。三月前に私は喰いつかれたんやけど、まだ腫れてるんで薬飲んでるん」

と言うことだった。

午後四時過ぎ——。

「あんた偉かったなあ。よう歩いたわ。もうベッド作ってあるからね、休めるわよ」

畑中さんが駈け戻ってきて、激励してくれたが、私は無表情で、黙々として歩き続けた。ベッドの用意ができている地点まで、岩だらけの川岸をそれから三十分も這い上ったり、転げ落ちたりしたのである。

「水のあるところでキャンプせんならんから、ほんまは丘をもう一つ越してから泊りたかったんやけど、あんたの足みてたら、ちょっと気の毒になったんでね」

ジャングルの立木を斧や刀でなぎ倒したあとに、キャンバスをはったベッドを生木で作り、屋根もキャンバスで、テントというよりそれはシェルターであった。外はもう暮れているが、覗かれれば何もかも見えるような開放的な小屋である。私は物も言

わずに、私の着替えの入っているパトロールボックスをあけて、着替えた。何もかも泥々である。明日の朝の着替えの手間を省くために、シャツとスラックスも新しくし、脱ぎ捨てたものを取上げて、びっくりした。ジーパンのお尻がまるでボロ雑巾のようにビリビリに裂けてしまっていたのである。咄嗟に思ったのは、これは絶対に東京に持って帰ろうということだった。帰って私の話を聞いて、オーバーな表現だと思うような人々に、このスラックスを目の前にぬっと突き出して見せてやらなければならない。難行苦行の大切な証拠の品だ。

　さっぱりしたものに着替えると、私はものも言わずベッドに倒れて眼をつぶった。キャンバス一枚をはったベッドなどというものは生れて初めてだったが、そんなことよりも、もう明日の朝まで歩かなくていいのだという現実が、涙が出るほどありがたい。

「御飯よ、起きなさい」

　畑中さんが言ったが、私は疲れすぎていて食欲がなかった。

「いらない。食べたくない」

「そんなこと言うたらいかん。食べなさい。明日歩かれへんよ」

　叩き起こされて、プラスティックのお皿に山盛りになった御飯に、缶詰の肉をかけたものをフォークで食べたが、何を食べているのか味も何も分らなかった。食後の後片付けを畑中さんはテアテアに汲ませた水で洗ったり拭いたりしていたが、私はとても手伝えなかった。悪いと思ったが、体力が違うのだから、仕方がない。私は石のように再びベッドに倒れ、しかし眠れなかった。

薄暗い石油ランプをベッドの角にぶら下げてから、畑中さんは気の毒そうに、私の顔を覗きこんだ。

「疲れたやろ。えらかった？」

迂闊にも私は、ここで思わず強がりを口走ってしまったのだ。

「お産の方が、ずっと辛かったわよ。あのときは二十時間も苦しんだもの。あれに較べれば、痛くないだけでも楽だったわ」

畑中さんは、驚いたらしかった。彼女は自分のベッドから私のベッドへ移ってきて、その端に腰をおろし、

「ふうん、お産というのは、そんなに大変なものなん？」

と真剣な顔で訊き返してきた。

「大変よ、あれは。経験したものでなければ分らないわ」

「どういうふうに大変なの？　どこが痛むん？　どんな具合に痛むん？　ふうん、それから？」

学究である畑中さんは、旺盛な知識欲を真向から押し立ててきて、私が疲れている

ことは忘れてしまったらしかった。私はその迫力に負けて、心ならずも悪阻から始まり、妊娠中の経過に、出産そのものから産後の後始末に至るまで、微細にわたって喋り続けねばならなかった。気が遠くなるほど躰は疲れているのに、口だけは一人前に喋れるのが恨めしかった。

「ふうん、そうか。えらいものやな」

「そうよ、女の躰って、出産のために作られているんだっていう感動があったわね。生体解剖みたいなものですもの」

「そうか。ほんまに、えらいものやな。ふうん」

私はニューギニアで彼女と一カ月余暮したわけだが、畑中さんが私の話に感心したのは、後にも先にも、このとき限りである。

話の途中から、雨になってきた。高い木の葉を通して落ちてくるせいか土砂降りである。豪雨というのは、これかと思うほど、凄い音になった。

「雨ね」

「うん、ジャングルは、夜の雨が多い。早う泊ってよかったわ」

話はやっとめでたく子供が生れるところまできたので、畑中さんは自分のベッドに戻り、私はスリーピングバッグにもぐりこんだ。

私はお産の話から日本においてきた子供のことを思い出して、たまらなくなっていた。ニューギニアというところは子持ちの女が出かけてくるところではなかったのだ。こんな山奥でもしものことがあったら、私は母親として天下の笑いものになってしまうではないか。ああ浅慮だった。迂闊だった。これから先にどんなものが待ち受けているかしれないけれど、命あっての物種なのだから、私はヨリアピは早々に引揚げることにしよう。

心配と後悔で胸は押しつぶされるようだったが、疲労がどっと押し寄せてきて、間もなく私は深い眠りについた。なんの夢も見なかった。疲労がそれだけひどかったのか、私がまだどこか暢気だったからか、多分その両方のせいだろう。

朝になって、私は激しい雨音に眼をさました。暗かったが、腕時計を見ると八時半だ。出発の予定は八時だったのに、これは眠りすぎたと思って隣の様子をうかがうと、畑中さんもぐっすり眠っている。

この雨だからな、と私は思った。今日はきっとお休みになるのだろう。この雨の中を歩けるわけがないし、畑中さんだって、あの山を私と同じようにして越えたのだから疲れているのは当然だった。ああよかった。この雨こそ、天の恵みというものだ。私は安心して、スリーピングバッグの中で、もう一度ぐっすりと眠りこけた。

「あんた、いつまで寝てるの。すぐ朝御飯食べんと間に合わんよ！」

畑中さんの声が耳の傍で炸裂するように聞こえ、私はびっくりして飛び上った。

「凄い雨じゃないの、畑中さん」

「雨に驚くことないやろ」

「この雨の中を歩くっていうの！」

「雨がやむまで寝ていたら、三日も四日も寝てやんならんか知れへんで。ともかく起きなさい。さあ顔を洗って！　世話のやける人やなあ」

腕時計を見ると、きっちり午前八時だった。さっきは寝呆けていて針を読み違えたのだろう。畑中さんはもう一時間も前に起きたらしく、寝袋もたたんでいるし、朝食の用意もすっかり整えてくれていた。缶詰のスパゲッティを、一片の食パンの上にかけたのと、ミルク入り紅茶である。

「食べたくないわ、私。もう十年以上も朝食ぬきですもの」

「阿呆言いなさい。食べなんだら歩けませんよ。さあ、フォーク持って。急ぎ！　間に合えへんよ」

「間に合わないなんて、汽車に乗るんじゃあるまいし」

「ネイティブたちの食糧も私らの分も三日分しか持ってないんやからね、四日に延びたらその日は飲まず喰わずやで。あんたがようても、ネイティブらがたまらんがな」

畑中さんに励まされて、私はその奇妙な朝食を、むりやり喉へ詰めこみ、飲み下した。

6

豪雨の中を歩くのだから、帽子の上からアノラックを着た。傘などという優雅なものが役に立つ場所ではない。

「ええなあ、ステキなアノラックやわ」

「カナダに行ったとき、スキーをするので買ったのよ。一日しか滑らなかったけど」

一九六〇年にアメリカへ留学していたとき、サラローレンスの学生たちとカナダへフィールド・トリップをして、その後でスキーをしに行った。あのときも私は私より十歳も若い学生たちと歩調を合わしにくくて、スキーは一日だけでやめて、あとは宿舎で寝ころんでいたのを思い出した。そんな私が、それから八年後に、こんな山の中を、しかも豪雨をついて歩くなんて！

「黒のスラックスに黒のアノラックか。腕のところの白い刺繡(ししゅう)が豪華やなあ。あんた、昨日もそうやったけど、格好だけは一人前やで。見かけは、ほんまに立派やわ」

畑中さんは、しばらく感嘆してくれたが、入れものだけ褒(ほ)めてもらってるのだから、私が喜ぶわけにはいかない。私は黙って、ネイティブたちの走り去ったあとを歩き出した。

「あんた、なれたんやね、昨日よりずっとテンポが速うなってるよ。その調子、その調子」

後から畑中さんがおだててくれたが、間もなく、また私とオブリシンの二人だけが殿(しんが)りになってしまった。運のいいことに雨だけは歩き出して三十分もするとカラリと晴れていた。

最初の山を越せば、あとは丘だけだと畑中さんは言ったが、丘などというものは恋人と手をつないで口笛でも吹きながらのぼるところであって、木の根にすがったり、枝につかまって、死にものぐるいで登るところではない。私に言わせれば、その日もまたジャングルで掩(おお)われた険(けわ)しい山を、今度は二つも越えたことになるのだ。ちょっとなだらかなところに出ると、私はしみじみと情けなくなった。いつ振返ってもオブリシンが肩にライフル銃をかついで黙々とついてくる。彼は昨日の朝、オクサプミンを出発するときは確かに靴をはいていたはずだが、今日はその編上靴を紐で縛ってライフルと反対側の肩からぶら下げていた。彼は制服の半ズボンをはき、下は素足だったのである。

彼のライフルは、ジャングルの中で私たちが危機に遭遇したとき、私たちを守るための武器であったが、疲れて気持がだんだん惨めな気持になっている私には、まるでそれに威嚇（いかく）されて歩いているような錯覚が起こる。インドネシアの蘭領統治時代に独立運動をしていた人々は捕えられるとニューギニアへ流された。それは今、西イリアンと名前を変えているが、私が歩いている場所から決して遠くはないところだった。彼らもこうやって険しい道を追い立てられて歩いたのだろうか。私は、なんだか私が三十年前のインドネシア独立運動の女流志士のなれの果てのように思えてきた。彼らの多くは流刑地で熱病にとりつかれ、ばたばた死んでいった――インドネシア独立史の凄惨な場面がしきりと思い浮かんでくる。

足がすべると、オブリシンが片手でぐいと私の躰をくいとめてくれた。坂の角度によって、そのとき彼の肩のライフルの銃口が、私の顔にピタッと狙いを定めるときがある。これには、そのつど、肝が冷えた。私はオブリシンに幾度も、このライフルは暴発しないかと念を押したが、どうも私の英語では通じないらしく、大丈夫かと聞いても、「イエス」と答えるし、暴発する危険があるかと聞いても「イエス」と言うので、私の恐怖はますますつのる一方だった。

こういうジャングルは、ベトナムにもあるのだろうな。こういうところを爆撃するんじゃ、アメリカも骨の折れるはずだと思ったりしているうちは、まだ余裕があって、やがて私は自分のまわり三尺四方のことしか考えられないようになってきた。

「わあッ、綺麗(きれい)な蝶々が飛んでるよ。見なさい、有吉さん、蝶類蒐集家が見たら、きっと熱狂して追いかけると思うわ。見なさいよ、あんた」

畑中さんがときどき、そんなことを言ってくれるが、私は自分の足下より他のところへ視線がいけば、そのまま眼がまわってしまいそうなので、ついに道中ではふんだんに飛んでいる蝶も鳥も見ずじまいだった。今から考えると、つまり東京の我が家の書斎で考えてみれば惜しいことをしたと思えるのだが、そのときは本当に少しでもエネルギーを消耗させるわけにはいかなかったのである。

二時間か三時間に一度、それも五分だけ畑中さんは休憩させてくれ、そのつどチョコレートを押しつけてくる。

「私、甘いものは嫌いなのよ」

「好き嫌い言うてたら歩けんようになるよ。食べなさい。これほど疲れをとるものはないんやから」

私は板チョコを口の中に押しこんで、なるべく長く坐っていられるように話をさがした。

「日本の兵隊さんも、こんなところを歩いたのかしらん」

「とんでもない。こんな山奥までは来てませんよ」

畑中さんはニベもなく言い捨てて、時計の針を見ると立上った。

「さあ行こう。あとちょっと歩いたら川へ出るよ。ほんなら楽やで」

「また川原を歩くの？」

「いや川の中を歩くんや」

「水がある？」

「当り前でしょう」

あとちょっと、と畑中さんは言ったが、川へ出るまで、それから二時間もかかった。畑中さんの物差はもうニューギニアの寸法になってしまっているのだな、と私は溜息が出た。

川の中を歩くというのは、つまり川があって、こちらの岸から向うの岸へ歩いて渡ることなのだろうと私は理解していたのだが、これも違っていた。川というのは渓流で、幅はせいぜい広いところで三メートルもなかったが、流れが速く、あちこちに岩が頭を突き出している。この川の中を私たちは水につかって、川の流れのままに、つまりタテに歩くことになったのである。道がないし、山が険しすぎるので、川を道がわりにしてそこを歩くというわけなのだ。

「この川、どのくらい長いの？」

「うん、ちょっとや」

畑中さんのちょっとは二時間だな、と私は悲しく判断した。

川の中を歩くといっても、川底が平坦だというわけではない。水から上へ出ている岩は、二、三人かかっても抱えきれない大きなものだが、川の底にも一抱えも二抱えもありそうな岩がごろごろしていて、しかも流れが急だから、それがぐらぐら動いている。その上を足の先で探りながら歩くのだから、決して楽なものではなかった。まあ、よじ登ったり、滑り落ちたりするほど消耗は激しくないが、水は茶色く濁っていて、底はまるで見えないのである。しかも、昨夜来の雨のせいか水が腰まであるのだ。ざぶ、ざぶと歩きながら、大変なところを歩いているなあ、これを知っていたら決して出かけては来なかったのにとしみじみ思っていると、前方で畑中さんが威勢よく振返って叫んだ。

「あんた、ものすごう運がええわ。こんなに水の少ないとき、初めてや。胸までつかるときもあるのに」

私は応じる言葉がなく、黙りこくって歩き続けた。少しずつピジンを覚えてきたので、オブリシンに、この川が終るのはいつごろだと聞くことができた。

彼は、

「ロングタイム・リキリキリキ」

と答えた。リキリキというのは、リトルのピジンで、つまり、もう少し、もうちょっとという意味である。

覚悟していた二時間が過ぎても、まだ川の中なので、またオブリシンに聞いたら、まだあとロングタイム・リキリキだと同じことを言う。

さらに一時間歩いても、まだ川から岸へ移りそうにない。何度聞いてもオブリシンは、ロングタイム・リキリキだと言う。私は心細くて気が遠くなってきた。

「有吉さん、あんたの歩き方、赤ん坊みたいなやわ、もっと普通に歩かれないの？」

畑中さんが、少し癇を立てているらしく、こんなことを言い出した。しかし普通に歩けと言われたって、普通の道を歩いているわけではないのだ。赤ん坊と言われようが、馬鹿と言われようが、私がそれで気をとり直して普通に歩けるＴＰＯではない。

「普通に歩きなさいよ、普通に」

畑中さんが、あまり何度も言うので、木石ならぬ私は遂に大声で返事をした。

「これでも私は、死にもの狂いで普通に歩いているのよ！」

「そうかあ、それが死にもの狂いなんかあ」

畑中さんはネイティブが振返ったほど大きな声をあげて笑い出した。テアテアが彼女の横で、何も分ったはずはないのに、一緒になってキッキッと笑い声を立てた。

川からようやく山の中へ折れたのは、四時間も過ぎてからであった。険しい山と山に囲われて、見上げると空が細く、あたりはもう暮れてきている。気候は夏だから、ずぶ濡れになっているスラックスも下着も躰には応えなかったが、なにぶんにも疲れ過ぎていた。川から山へ入れば、また木の枝にすがってよじ登らなければならない。

「有吉さん、急いで、急いで!」

畑中さんが駈け戻ってきて、

「キャンプは、すぐそこやからね、もうちょっとよ」

と言う。

畑中さんの、もうちょっとは、怖ろしい。まだ二時間歩くのかと思うと私は気絶しそうになった。

「そんなことない。今度は、すぐそこよ。それに急ぎなさいよ。いま、みんなで晩御飯のオカズとってるとこやから。めったに見られへんことよ」

「オカズって、何?」

「ポイズナスっていう大蛇よ」

オクサプミンたちの奇声が聞こえてきた。大蛇を、どうやってとるというのだろう。私がようやく這い上って行くと、いつの間にかオブリシンが先に来ていて、小さな瓶から透明の液体を足許にふりかけ、マッチをすってパッと投げつけた。

それは本当に大蛇だった。胴の太さは直径八センチもあったろうか。オブリシンは蛇の頭にケロシン(石油のことらしい)をぶっかけて火をつけたのだった。火が燃え上ると、蛇はキリキリと胴を空に巻いて、のたうちまわった。ネイティブたちが、奇声をあげる。逃げようとする大蛇を追いかけては、オブリシンが石油を頭にかけ、マッチで火をつける。蛇が少し弱ってきたところを、ネイティブたちは川原から拾ってきた石を投げつけ、投げつけて、つぶしたのか殺したのか動かないようにしてしまった。その石積みの上に、さらに落葉枯葉を掻きあつめてかぶせ、ケロシンをかけて再び火をつける。盛大な焔が燃え上った。私はぼんやりと、何の感動もなくそれを眺めていたが、ふと気がついて聞いた。

「山火事の心配はないの？」

「さあ、ネイティブらは平気でどこでも火を使うてるわ。昨夜かて、彼らは夜中火をたいて寝てたんよ」

「まあ、そうだったの？」

「あんた、作家やのに、もうちょっと観察しなさいよ。今夜は彼らのシェルターよう見ておきなさい」

私は作家であるよりも、ただ疲れ果てた一個の肉体であった。私たちのベッドは例によって、斧で切り倒した生木を組んで、テントの中に二つ並んでいた。私は、私のものとも思えないほど感覚を失っている足首を、そっと片足ずつ持ち上げて、濡れている衣類を脱ぎ、乾いたものに着替えてキャンバス・ベッドの上に倒れると、もう起きられなかった。

晩御飯には、さっきの大蛇の蒸し焼きが胴をマサカリで叩き切られ、皮をはがれ、塩をふりかけられて大きなハッパにのり、ネイティブに運ばれてきた。

「あんた東京で、疲れたときはマムシの粉がええと言うてたやろ。食べなさい。この方が効くと思うわ」

去年（一九六七年）、東京で彼女に会ったとき、青い顔をしていたので、確かに私はそう言った。そのときの彼女の返事も覚えている。そんなもの、あんた、ニューギニアへ来たら生で食べさしてあげるわよ！

これが、それか。私は疲れていて食欲は相変らずなかったのだけれども、あんまり畑中さんがすすめてくれるものだから、畑中さんに対する義理でフォークの先で身をすくいあげ、口に入れた。

「おいしい？　どう、おいしい？」

鶏のササミのような舌ざわりで、煙臭く、味も何も分らなかったが、畑中さんには社交的な挨拶の必要があると思った。

「おいしいわ」

うなずくと、

「へええ、こんなもんが、あんた、おいしいん？　私はよう食べんわ、第一、気味が悪い」

と、さもさも軽蔑したように言うのである。私はベッドの中に倒れて眼を閉じた。食後の片付け一切は、また畑中さんが一人でやってくれて、それから眠るのかと思ったら、またベッドの中でむっくり起き上って、

「あんた、この先の山の向うでねえ、パトロール中のキャプ（白人）が、こうしてキャンプしている最中に、ネイティブにマサカリで叩き切られてしもうたんよ」

「ええッ」

「枕の下にピストル入れてあったけど、間に合わんかったんやて。首の後ろと、肩と、腰と、ガッガッとやられて、川へ流してしもうたんやな。残っていたのは足首だけやったそうやで」

「いつのことよ、それ」

「ずっと前のことやけどね」

「何年ぐらい前？」

「あれは、去年やったかな」

私は悲鳴を上げた。

「そういうところへ、あなたは私を連れて行くって言うの！」

「そうやがな。そやけど心配せんでええよ。そのキャプは、川を渡るのにカヌー使うて、それが転覆してネイティブが死んだんで恨まれたらしいん。私はシシミンの恨み

を買うことは何もしてへんからね」

しかし二カ月前にやった野豚が原因で、畑中さんのスピリットに当って死んだと言われているシシミンがあるというではないか。キャプの足首だけが残っていたなんて！　私の足は指先はもう痺れて感覚がなくなり、足首はだるくて、切って捨てたいほど辛かった。だから畑中さんの話は他人事とは聞けなかった。

なんという話を、ジャングルのまっただ中で聞かせてくれるのだろう。私はもうヨリアピに行く気は失ってしまっていた。「ニューギニアはええとこやで、おいで」という畑中さんの一言で誘い出されはしたものの、私には冒険の趣味も探検の意志もまったくないのだ。この年まで長らえてきて、小説しかできない仕事だと、ようやく本腰を入れている最中に、私はまあ何を間違えて、こんなとんでもないところに来てしまったのだろう。

引返すことを何度も考えた。しかしオクサプミンに戻るのには、また二日も歩かなければならないのだ。ヨリアピには、ともかく明日のうちには着ける。私は、ここでも僅かな苦労の違いを読みくらべて、いちばん簡単で楽な道を選んだ。やはりヨリアピへ行くより仕方がない。ともかく、ここまで来てしまったのだから。

7

三日目の朝、私は起きあがれなかった。足はもちろん、首も肩も背中も腰も、全身ことごとく痛くて、疼く。唸りながらベッドの中でもがいていたら、

「大げさやねえ。痛いはずありませんよ。起きなさい！」

畑中さんが片手で私の腕をつかみ、ひきずり起こした。

何度も愚痴をこぼすようだが、私がニューギニアに出てきたのは、ほんの物見遊山のつもりだったのだから、畑中さんにしごいてもらうことなど毛頭考えていなかった。痛いはずがないと畑中さんは言うけれども、痛いのは畑中さんではなく私の躰なのだから、そんなはずがないと言われる筋はないのである。しかし、ここでウダウダ言っていられなかった。私はすでに、口をきくのも億劫になっていた。

「今日は楽ですよ。なんせ二日の道を三日に分けたんやからね。難所はみんな越えてるし、楽ですよ」

畑中さんにとって楽なところが、私には決して楽ではないということは、一昨日と

昨日の経験で分っているから、私はこの彼女の心温い励ましに対しても応じなかった。私の心の中でわずかに残っていた意志と判断力は、今日も歩かねばならないのだという、ただこの一事だけであった。

しかし歩き出すと不思議なもので、右の次には左の足が出る。習慣というものは恐ろしい。

「あんた、ほんまに慣れたねえ。この分やったら九日でも歩けたのに、惜しいことした。ヨリアピに着いたらパトロールに一緒に出かけよう。オム川をさかのぼるん、凄いよォ」

畑中さんが後から勝手なことを言っている。九日もこんな山の中を歩くくらいなら死んだ方がましだ。オム川をさかのぼったって、私の小説がうまくなるわけじゃなし、誰が行くものかと思いながら、黙って歩く。木の根がはびこって、細いのも太いのもからみあっている。榕樹(ようじゅ)（フロマージュ）が目立つ。アンコールワットの遺跡を見てまわったとき、この木が大きな石の城一つを突きくずし、持ちあげ、押しつぶし、まるで樹木がお城を食べ荒しているようなのが、そのまま残っていた。それを思い出した。同じ樹がインドネシアのボゴール植物園にもあった。それが、このニューギニアの密林にも群生している。榕樹を見るたびに、密林の実力者に出会ったような気がする。しかし、そのつど、のんびりと感慨に耽(ふけ)っていることは許されなかった。

この日、私は幾度も畑中さんにねだって、チョコレートをむさぼるようによく食べた。甘いものは嫌いだったのに、よくよく消耗したせいで、肉体が欲しているのだった。畑中さんも驚いたらしい。

昼近くなって、畑中さんは休憩のとき、私とチョコレートをもぐもぐやりながら、

「あんたよう頑張ったわ。もう、あとはほんまに楽よ。この丘越えたら、じきオム川やからね。ほな、そこがヨリアピや」

私はちょっと懐疑的に畑中さんの顔を見てから、あらためて行手を眺めた。断崖絶壁が眼の前に立ちはだかっている。

「これが丘だって言うの？」

丘というのは、せいぜい花の咲く灌木程度が生えていて、男の子と女の子が手をつないで口笛でも吹きながら気軽に駆け登れるようなものを言うのだ。畑中さんはニューギニアに来て、日本語が少しおかしくなっているのではないか。

「ほやけど、山というたら、これよりずっと高いで。これは五〇〇〇フィートないと思うよ」

それでも富士山の半分もある山ではないか！

が、文句を言う場合ではなかった。山は現実にあるのであって、その前で高い低いと争いあうのは無駄というものだ。私ははずしていた軍手をはめようとして、自分の

手の甲に数匹の山蛭が吸いついているのに気がついた。普通だったら悲鳴をあげるところだが、もうその元気がない。私は黙って、一匹ずつ吸いついている口の辺りを爪ではさんでとっていった。皮膚の上に、小さな赤い斑点が残ったが、別に痛くも痒くもなかった。そういう私を、もう畑中さんも言うべき言葉を失ったのか、黙って見ていた。

畑中さんのいう丘は、実に険しかった。腕を伸ばして木をつかみ、力を入れて這い上がる。ときどきつかんだ木が、外観は逞しいものだったのに立ち腐れのギヤマン・トリーで、つかむと私の躰と一緒にずるずるっと落ちる。ギヤマン・ストーンというのもあって、足をかけると石と共に落っこちることがある。その怖いことと言ったらない。

ネイティブたちが見かねて道を作る気になったらしく、通るときに片手に持ったマサカリやナタで立木を倒して行く。おかげで視界は少しひらけたが、道の両側には白く鋭い切先を見せた槍ぶすまのようなものが並んだ結果になり、ふらふら歩いている私は蒼くなった。木の根や蔓草に足をとられて倒れるとき、まかり間違ってその切先が私の喉へ当ったら、それきり一巻の終りになるのではないか。オブリシンは相変らず、私の背後に従っていて、私が滑り落ちるのを、ときどき喰いとめてくれるが、そのつどライフルの銃口がピタリと私に狙いをつける。怖い、怖い。ここまで苦労してきて、最後の段階でライフルの暴発で死んだりしたら、まるで間尺にあわないではないか。

私がよろりよろりと病人のように歩いているのを、畑中さんは黙って見守っていたが、もう叱咤激励しても駄目だと悟ったのか、カルゴボーイたちを急がせてヨリアピへ走らせてしまった。シシミン族たちに迎えに来させるようにと言いつけているのを私は聞きとめていた。畑中さん、テアテア、私、オブリシンのまた四人だけになった。

「このキノコやで、有吉さん、気ィつけなさいよ。喰いつくから」

それはディズニーの漫画映画で森の中に出てくるキノコのように可愛いピンクの傘をかぶったキノコだった。とても喰いつくとは思えなかったが、言われるままに私は避けて通った。

「この赤蟻よ、噛まれたら死にたくなるほど痛痒いん。気ィつけて」

体長一・五センチほどの太った蟻だった。赤茶色の紐のように列を作って土の上を歩いている。私はそこへ踏みこまないように、一生懸命、注意して進んだ。

「ほら、空が明るなってきた。もうじきよ有吉さん、元気出して」

畑中さんが手をとってくれた。ああ、見上げれば彼女の言う通り、ジャングルの繁みの向うが仄明るい。頂上に近いのだと分ったが、それで改めて力が出るには、私は疲れすぎていた。しかし私は畑中さんの言葉を信じこんで、ここさえ越えれば後は楽なのだ、ヨリアピは近いのだと、死にもの狂いで畑中さんの手にすがって這い上がっていった。

ここが頂上と思えるところで、私は畑中さんの手を放し、大きく呼吸をしようとしたとき、

「あ、違うた。もう一つあったわ」

と畑中さんが言ったのである。

見れば行く手に、この山と同じくらい高く険しい山が一つ、まだ立ちはだかっているではないか。私は目の前にまっ黒な雲がかかったと思った。そのまま気絶していたのである。

気がつくと、私は同じ山の頂上にいた。畑中さんとテアテアの姿が見えない。オブリシンが、寝ている私のすぐ傍に腰をおろして、ライフルを膝にのせ、焼芋を食べていた。なんという暢気(のんき)なポリスがいたものだろう。私は四肢が死んだようになっているので、寝たままの姿勢で、ミセズはどうしたかと彼に聞いた。

「ミセズ・ゴー・ヨリアピ」

帰ってくるのかと訊いてもイエス、帰って来ないかと訊いてもイエス、ここからヨリアピまでどのくらいの距離かと聞くと、相変らず、

「ロングタイム・リキリキ」

だという。さっぱり要領を得ない。下から見上げると、オブリシンの鼻の先には大きな穴があいていた。ついこの間まで、牙（きば）か骨をそこにさしていたのだろう。それがライフルを持って私の傍にいるのだ。私は安心していいのか悪いのか、そういうことさえ分らない。

ともかく躰が動かないので、眼はあいたものの私も度胸をきめなければならなかった。もう一つ山を越せばともかくヨリアピであることは間違いないらしいのだ。まだ正午になったばかりだから、その気にさえなれば今夜中にはヨリアピに着くことができるだろう。私は当分その気になりそうになく、再び眼を閉じた。オブリシンは温和（おとな）しくて、起きろともなんとも言わないのである。

下の方の繁みで、がさがさと音がしたので薄眼をあけると、物凄いネイティブが現われた。

「エミ、シシミン」

オブリシンが説明してくれた。私が寝たまま手を伸ばすと、相手は私の手を握って、

「フィナーニ」

と言った。

鼻の先の穴から三本の小さなまっ黒い角が突き出ている。額に三重のビーズ玉が飾ってある。髪の毛は束ねて、麻の袋のようなものを立て、そこに鳥の羽が突きさして

ある。眼が大きく、全身が精悍な感じがした。怖かったのは片手に弓矢をつかんでいたことで、しかし彼は私に危害を与える様子はなく、じっと私を眺めてから、すぐ身をひるがえして見えなくなってしまった。

それから二十分もして、今度、下の繁みから飛び出してきたのは、ライフルを手にした大男だった。素足だが、シャツとズボンを着ている。これがヨリアピ駐在の、もう一人のポリスだなと私は気がついた。寝たまままた手を伸ばして握手をする。ポリスは自分の名はバガノだと名乗り、よくピジンを話すので、私は挨拶代りに、

「ミー・バーガラップ（私はこわれた）」

と言うと、相手は重々しくうなずいて、

「イエス・ユー・バーガラップ」

と言った。

彼は、しばらくオブリシンと早口で何か話合っていたが、私に向うと、実に紳士的な態度で、オンブして差上げましょうかと申出てくれた。彼のライフルを、オブリシンがもう一つの肩にかついだ。二梃のライフルの筒先が、バガノの背中にいる私を狙っているので私が怖いと言うと、バガノは安全装置がついているから大丈夫だと答え、それでも怖いと駄々をこねると、笑いながらオブリシンに銃口を下にして肩にかけさせた。

それからのバガノは、まったく素晴らしかった。あの険しい山坂を、彼は私を背負って飛ぶように走ったのである。いつ彼の足がギヤマン・ストーンにかかって、二人もろともまっさかさまに谷に落ちるか分らないと思い、私は彼の大きな背中に、小さくなってへばりついていた。しかし、正直に言って、かつて私にとって男がこれほど頼もしく思えたことはなかった。

一時間以上も、バガノは休みなく走ってから、次の山の頂上近くで、私を土の上におろした。彼の顔からは汗が噴き出て滝のように額から頬へ流れていた。さすがのバガノも息を切らしている。それでも彼は胸をはっていて、間もなくシシミンがやってくるから、それまで休憩しましょうと言った。二梃のライフルをかついでいるオブリシンの方が、バガノよりずっとくたびれたような顔をしていた。

バガノに畑中さんはどうしたかと聞くと、もうヨリアピに着いていると答えた。あのミセズは強いねえと言うと、まったくその通りだとうなずいた。迷惑をかけてすまないと謝ると、オーライ、オーライ、普通の女なら、あなたぐらいのもので、ナンバーワン・ミセズは特別なのだと慰めてくれた。それからは私も畑中さんのことを、ナンバーワン・ミセズと呼ぶことにした。

そこへシシミン族たちが十数人、手に手に弓矢を持って現われた。オクサプミンで見たネイティブたちとは、顔つきも躰つきもまるで違う。首に竹と貝のネックレスを巻きつけている者、鼻に野豚の牙をさしている者、ビーズ玉を頭にも首にも飾っている者。彼らがポリスやオクサプミンとはっきり違うのは、誰もズボンやパンツをはいていないことであった。草を腰蓑のようにしているか、さまざまな形の瓢簞を前にはめているのである。二の腕や腰に籐の編んだものを巻きつけている者もいる。

バガノは集ってきたシシミンたちに、何事か大声で命令した。すると、一人の黒いシャツにオレンジ色の縁取りをしたのを着ていた男が（後でそれが通訳の制服だと分ったが）、続いて叫び、次の瞬間シシミンたちは奇声をあげて八方に散った。

「ベッドを作って差上げます。それで、あなたをヨリアピまでお運びします」

バガノが丁寧に言い、私は優雅に礼をのべた。もう腰が抜けたようになってしまっていて、起きることも動くこともできなかったからである。

それからのシシミンたちの働きぶりはめざましかった。ものの五分とたたないうちに、二本の手ごろの木が切って運ばれてきて、その間に私を寝かせると蔓草を器用に巻きつけて、私を縛りつけ、つまり仕留めた野豚をかつぐのと同じ要領で、彼らは私をかつぎあげたのである。バガノが私に、具合はどうかと聞いたので、ベリーグッドだと答えたら、彼は一声、雄叫びをあげた。シシミンたちが、一斉に和した。

アイヤッ、アイヤッ、アイヤッ、アイヤッ、アイヤッ……。

この調子も声の高さも、活字では読者に伝えられないので残念である。それはまさ

しく奇声であり、音頭であり、獲物を得たときの喜びの声であった。私は仰向いた形でかつぎあげられていて、彼らの顔は見えなかったが、このまま彼らの集落で丸焼きにされるのであったとしても、自分で歩くよりはずっとましだと思っていた。

すぐ顔の上を、熱帯樹の枝が葉が、飛ぶように過ぎて行く。バガノに負（お）ぶわれていたときより更に速いスピードで、たちまち山を越え、坂を下った。やがてジャングルを出たのであろう。私の顔の上には、青い青い大空があった。その色の、なんと美しかったことだろう！

8

アイヤッ、アイヤッ、アイヤッ、アイヤッ、アイヤッ……。

道中、シシミンたちは叫び続けた。こういうのをシングアウトというのだと、後で畑中さんが教えてくれたが、ともかく私は蔓草に縛られたまんまオム川に沿ってヨリアピにかつぎこまれ、畑中さんの御殿まで運ばれたのである。

「あんたまあ、よう恥ずかしゅうなかったねえ」

あとで思い出すたびに畑中さんはそう言って笑うのだけれど、そのときの私には恥も外聞もなかった。完全にバーガラップ（こわれた）していたのだから、歩かずにすむという特権行使は、たとえ野豚と同じ扱いを受けようとも少しも自尊心の傷つくことではなかった。

畑中さんの家を、私は御殿と書いたが、これは少し説明しておいた方がいいかもしれない。

オム川のほとりのジャングルを切りひらいて、オーストラリア政府は彼女のために大きな家を一軒建ててくれていたのだった。今から六カ月ばかり前に、三人の白人キャプ（警部）と六人のネイティブ・ポリスに率いられたオクサプミンのカルゴボーイ約八十人が、隊をなしてこの地に乗込んで、切り倒した生木（なまき）を手斧（ておの）で板に削り、わずかな釘と蔓草を使って組立てたのが、この家である。八畳ほどのひろい寝室が二部屋と、二十畳ばかりのリビング・ルーム。六畳ほどの貯蔵室とシャワールーム。それが全部、一メートルほどの高床式で、天井は高く、草葺きの屋根である。建坪はだから三十坪近くあるのではないだろうか。広さからいけば、高級マンションでも毎月四十万円ぐらいの部屋代をとられそうな立派なものである。お手洗いは、別棟に小さな小屋式でポツンと建っていた。

この家の背後に、ポリスと通訳の家が一棟、ポリスたちの使用人（ハウスクック）の住む小屋が一つ、さらに畑中家の使用人の小屋もすぐ傍に一軒建っているが、これらは家のまわりに溝を掘って土がそのまま床になった小さな粗末なもので、とても畑中さんの家とは比較にならない。私が御殿と呼ぶ理由である。

オーストラリア政府が、どうしてこんな僻地に、こんな立派な家を、わざわざ畑中さん一人のために建ててくれたかと言えば、最初に書いたようにシシミン族は一九六五年に発見された種族なのと、なにぶんにも遠いところにいて、政府はなかなか接触ができにくい。シシミンは狩猟族なので一カ所に集落をなして住むということをしていないから、いよいよその実態も政府にはとらえにくい。

そこへ畑中さんという文化人類学の学者が飛び込んできた。オーストラリア政府としてはもっけの幸いだったのである。つまり、シシミンの近くに畑中さんが住込めば、シシミンたちも寄って来るだろうし、畑中さんがシシミンと親しめば、シシミン族の実態が分って、政府もずいぶん助かるわけだ。シシミンも早く文明人たちに近寄る機会を得たわけになる。

シシミンの性格も風俗も、誰にも何も分っていないのだから、畑中さんの立場はまったく危険そのもので、いわば政府からはシシミン族に対するオトリのような存在である。それで、ポリスが常時、彼女を護衛するということになり、畑中さんの便宜のために通訳も政府の方で貸してくれているというわけである。

ニューギニアには、百人以上の文化人類学の学者たちが調査にもぐりこんでいるということだったが、畑中さんぐらい大変なところへ乗込んでいる学者も少ないかわり、畑中さんくらい政府の応援を得ている学者も少ないということを、私は後で地方長官の口から、ずいぶん詳しく聞かせてもらった。その理由の一つは、おそらく畑中さんの人徳というものであろうが、文化人類学は今や花ざかりで、次々にニューギニアへやってくるが、一口に学者といっても玉石混淆(ぎょくせきこんこう)で、トラブルばかりひきおこして政府の方が手をやく連中もずいぶんいるらしい。みんながみんな畑中さんのようにうまくいっているわけではないと、彼は言っていた。

畑中さんの説明で補足すると、ニューギニアの僻地はどこでも政府のパトロール事務所とキリスト教の宣教団(ミッション)とがぶつかっていて、これが互いにあまり仲良くいっていない。そこで文化人類学の学者たちは、どちらか一方とうまくいかない場合には、もう片方が必ず肩入れをしてくれて、その結果が、さらに両者のトラブルのもとになったりしているらしい。オクサプミンは、すぐ近くのテキンにミッションがあったが、ヨリアピまではさすが強大なキリスト教会の力も及んでいないので、畑中さんは政府の応援を得て、ミッションとトラブルを起こす心配もないところにいるわけである。後になって私の知ったことだが、畑中幸子の名前はニューギニア中に轟(とどろ)いていて、僻地のパトロール事務所に転勤になったキャプが怖れをなして尻込みをすると、日本のミス畑中は女だが、もっとひどいところへ行っているぞと言って上司が彼を叱りつけるのだという。

ヨリアピについてしばらくしてから、私はもっと早く思い出すべきであったことを思い出した。それは一昨年（一九六六年）、彼女が出かけてきたニューギニアと、このヨリアピは違うらしいということである。

「うん、違うよ。あれはチンブといって、ハイランドの方よ」

「やっぱりこんなに歩いたの？」

「いや、ジープで行けた」

だから昨年、私が彼女から聞いた話とは違っていたのだ。今ごろそれに気がついて私はがっくりきていた。

「そのチンブから、どうしてこのヨリアピに河岸を変えたの？」

「それがねえ、論文書くために一年だけ日本へ帰っていたやろ？　その間に、ちょっとアメリカの文化人類学の学生夫婦が住みついてしまったんよ。ニューギニアは、みんなが狙っているんでね、まったく油断も隙もあれへんわ」

地球上最後の未開国も、新しい歴史がすぐ始ろうとしている。三年後に独立してしまったら、学者の入りこむ余地はなくなるのだろうし、今のうちにと功を急ぐ人たちで、ニューギニアはラッシュになっているらしい。

「そやけど、その夫婦がねえ、もうじき引揚げるという話なんよ」

「どうして？」

「夫婦二人でノイローゼになってしまったという噂やわ」

「どうして？」

「分らんけどね、まあ、いきなりのフィールドワークに選ぶのがニューギニアでは、若い人には無理なんかしれん。もっとも、年とったら、なおさら来られへんし、私もこんなしんどいところは、ここで終りにしようと思うわ」

ヨリアピに着いた夜、私は眠ったようで、

「眠ったんじゃないと思うわ」

「ほな、なんや」

「また気絶したのよ」

畑中さんは面白そうに笑っていたが、私は笑うどころではなかった。両足の親指の爪がバクバクになっていて、その痛さといったらなかった。踵だけで歩きまわっているものの、腰も腕の付け根も、そこらじゅうが痛くて、つい唸り声が出る。

谷間にあるヨリアピは日照時間が少なくて、明るくなるのは午前七時半ころから、そして午後の六時にはもう文字が読めなくなる。夜は蚊帳の中でスリーピングバッグにくるまって眠っても、ちょっと肌寒いくらいで、午前中も汗をかくほど暑くはない。その代り、躰のまわりを始終、虫が飛んでいて、肌を出しているところはすぐ痒くなってくる。

「痒いねえ、ああ、痒い。あんた痒うないん？」

畑中さんが、ボリボリ脚をかきながら聞く。

「痒いわ。蚊かしら、蚤かしら」

私もボリボリ掻きながら応じる。じっとしていられないほど痒い。我慢していると頭にくるほど痒い。だから、掻いて掻いて掻きむしってしまう。

「蚊も蚤もいるけども、この痒さは違うと思うよ。私はまだ正体をみつけてないんやけど」

「刺されたところに、すぐ穴があくわね」

「それやねん。蚊でも蚤でも、こんなことにはなれへんやろ?」

「あなたも大変ねえ、こんな中で研究を続けるなんて」

「そやけど、あんたは家が乾いてから来たから運がええで。これが生木のころは、虫という虫が這いまわっていて、数でも種類でも今の倍できけへんほど居たんやからね」

私は頭の上高く、茶色い草の屋根の裏側を見て想像しただけでまいってしまった。ここがまだ緑の草のままだったころは、どんなに蒸し蒸ししたことだろう。

「ああ痒い、ああ、痒いッ」

「痒いわねえ」

畑中さんの脚は、もう掻き傷が膿んで、それからカサブタになったので一杯になっていた。私がヨリアピにいる限り、すぐ私の脚もこうなるのかと思うと溜息が出る。密林の中の御殿の中で、二人のうら若い(?)女が向いあって足を掻いている図なんてものは、どうしてもいい格好ではないが、その痒さは本当に日本の蚊や蚤とは比較にならないほど激しいのだから仕方がない。

防虫剤や痒み止めは日本からたくさん持って来ていたが、何の役にも立たなかった。スプレーでまいている最中に、もう痒くなる。どんな虫がさすのか一度つかまえてやろうと眼を皿にして坐っていたことがあったが、そのうちにほかが痒くなって、夢中で掻いているうちに、いつの間にかやられている。畑中さん同様、私と一カ月のヨリアピ滞在中ついに、その虫の正体は見つけることができなかった。

掻きむしったあとに、蠅がたかりにくる。ゴマバエというのだろうか、小さな蠅だが、お尻の色が黄色い。これが傷口を舌の先でなめると、チと刺されたように一瞬痛く、それから五分たたぬうちに膿みはじめる。この蠅がまた敏捷なことこの上なくて、何度狙いをすえて叩いても、さっと逃げてしまう。三日もたたないうちに、私の脚も腕も惨たんたるものになってしまった。

熱いフライパンの上に飛び乗った猫のように、虫を避けたり、掻いたり、痒さに転げまわったりして午前中が過ぎると、午後は四時ごろまで、こういう虫たちまでいなくなってしまうほどの酷暑になる。気温の変化が一日の中でも激しいのだ。虫でさえ、土にもぐるか、どこかで息を潜めてしまうほどの暑さだから、私などはもう息もたえだえになって、頭の中がぼうっとなってしまい、畑中御殿の居間の床に転がっているだけだったが、畑中さんに言わせると私は運がよくてヨリアピの一番いい季節に来たのだそうである。

「半年前はものすごい暑さやったんよ。こんなところで研究が出来るんかいなと思うたわ」

「私は今だって、こんなところで何の調査ができるのかと思うわ」

「もうすぐ慣れるよ。ほならニューギニアはええとこやなあとしみじみ思うようになるわよ」

畑中さんは炎天下、帽子をかぶって通訳をつれて出かけてしまい、帰ってくると脇目もふらずにタイプを打っていた。私は何を手伝うこともできなかったし、それどころか自分の躰の回復はいつのことか考えると悲観するばかり、ヨリアピを取巻く山々を見まわしては溜息をついていた。

三日目に、私の足の爪が、ばくっと指からはがれ、根元だけくっついていて、その痛いこと、歩くたびに悲鳴が出る。畑中さんは、そのつど少しも心配することはない、大丈夫だと言うだけで、何もかまってくれないのである。

「あなたは痛くなかったの？」

「そら痛かったわ。それでも次の爪が生えてくるころは平気になるよ」

「次の爪は、いつ生えてくるの」

「まあ一カ月やねえ」

「私がここに一カ月もいることになるって言うの？」

「いつまでいたかて、私はええで」

畑中さんがよくったたって、私は一週間の予定で出かけてきて、私にだっていろいろ都合ってものがあるのだから、そんなに長くこんなところに逗留しているわけにはいかない。

しかし現実に、足腰は痛いし、爪ははがれて、とても歩ける状態ではないのだから、帰国の予定は変更しなければならないだろう。手紙の連絡は、ともかく出来るはずだった。畑中さんがヨリアピから送ってくれた手紙は日本に間違いなく着いていたのだから。しかしどうやって、郵便をここから送り出すのだろうか。

「ネイティブに頼めば、一日でオクサプミンまで届けてくれるんよ。オクサプミンからはミッションの定期便があるし、政府のチャーター機も来ることがあるし、そこから先は普通の国と変らんわ」

「一日で、あの道を？」

「うん、八時間ほどで着いてしまうらしい」

私が三日がかりで死にものぐるいで歩き、ついには半死半生になってしまったあの険しいジャングルの中を、ネイティブが八時間で猿のように走るのかと思うと、半分信じられない気がした。

「まあ、シシミンなどは責任感も仕事の目的もよう分らんからね、途中で手紙投げだして野豚を目の色変えて追うというようなことになれば、出した手紙がつかんことにもなるけども」

「手紙が届かないことあるの？」

「うん、ちょくちょくあったわ」

私は半ば絶望しながら、それでも手紙を書かねばいられなかった。私は思いつく友だちという友だちに、現状を綴り、なぜニューギニア行きを思いとどまるように意見してくれなかったかと恨みつらみを書き続けた。

ただ私の母親あてには、ヨリアピに着いて、あんまり素晴しいところなので、予定を変更して、ここに長く滞在します。危険はまったくないところですから心配しないで下さい。健康ですから安心して下さい。私は大丈夫です、と心にもないことばかり書き並べた。

受取った私の母の方では、かつて私からこんな丁重な手紙が送られてきたことがなかったし、危険はない、心配するな、安心せよ、大丈夫だと続いているので、これは大変なところへ行ってしまったに違いないと、血の気がひいたということだった。母はこの間に約五キロも体重が減って、まだ元に戻っていない。母親はもったいないがだましにくい。

9

「フィナーニ・ロイヤーネ」

振向くとフィアウがのっそりと家の中に入ってきて、私のすぐ傍にぺたんと腰をおろした。馬のような長い顔。大きな口を開くと、木の実を噛んでいるために唇も歯もまっ赤に染っている。おまけに臭い。飛びのいて逃げたいところだったが、シシミンの感情を害して大変なことになっては畑中さんのためにもいけないと思って、こちらも同じ挨拶をする。

「フィナーニ・ロイヤーネ」

するとフィアウは、にゃあっと笑い、ちょいと顎(あご)をしゃくってうなずくのである。またたきをするときの眼が、びっくりするほど可愛かった。松竹の大谷竹次郎翁を、ちょっと思い出したほどである。

私はシシミン語が分らないし、フィアウはもちろんピジンも英語も分らない。いつまで二人で向いあっているわけにもいかないので、私はそっと立って、足をひきずりながら家の外に叫ぶ。

「畑中さん、フィアウが来たわよォ」

外で数人のシシミンを集めていた畑中さんは、それを聞くとタニムトーク（通訳）のウニャットを連れて飛んで帰ってきた。

「このオッサンは、なかなか気むずかしゅうて、呼んでも気が向かんと山から降りて来んのよ。どうした風の吹きまわしかな」

そんなことを言いながらも畑中さんはもうノートを片手に、通訳を使ってフィアウからいろいろなことを聞き出しはじめた。フィアウの住んでいる辺りの地名。その奥の地名。そのまた奥の地名。そこに何人のシシミンがいるか。女や子供もいるのか。フィアウの父親の名。母親の名。父親をなんというか、母親は。父親の父親、つまりフィアウの祖父はなんと呼ぶか、どういう人だったか。祖母はどういう人だったか。フィアウが幾つのときに死んだか、そのとき彼女は何歳だったか。

畑中さんは畳みこむように矢つぎ早やに質問を浴びせかけるのだが、通訳のウニャットも、酋長のフィアウも、一つことに頭を集中することが得手でないらしく、十分もすると通訳はあくびまじりになり、フィアウはよそみばかりして、私に目くばせしては、

「フィナーニ・ロイヤーネ」

などという。私も仕方がないので、薄気味の悪い思いをこらえながら、「フィナーニ・ロイヤーネ」と答える。

いらいらしていた畑中さんが、たちまち私に怒り出して、

「あんた、この連中に甘い顔してもうたら私があとで迷惑しますからね、気ィつけて頂だい。女の地位は低いところなんやからね、すぐ馬鹿にしてつけ上がってくるんよ。なんせ野豚三匹と女一人を取替えるところなんやから」

と言った。

私は、そこで以来ずっと厳粛な顔をして、フィアウの挨拶を受けることにしたのだが、畑中さんの調査を続けるために、フィアウの機嫌もとらなければならない。日本で薬を買いこんだとき、薬屋がくれた宣伝用の風船があったのを思い出して、これを二つ三つふくらませてみせたら、二十八人射殺して女子供は叩き切ったという豪の者フィアウが、びっくり仰天してこちらを見て、ふくらました風船を受取ると、三つとも一人で抱えこんで、しばらくまた畑中さんの質問に答えるようになった。

横で見ていると、畑中さんの仕事の苦労が並み大抵のものでないということが分る。文化人類学という学問については、私は今もってあまりよく分っていないのだけれども、未開社会の構造を知るためには、シシミン言語にも習慣にも通暁していなければならないのだろう。ヨリアピにいる間に、私はおかげでキンシップターミノロジー

（親族呼称）などという人類学の用語なども聞きかじりで覚えたが、たとえばこの親族呼称一つにしても、シシミンたちは短命で三十五歳ぐらいまでにみんな死んでしまうから、祖父、曽祖父というものの顔を見たものがあまりない。したがって、そういう言葉を聞き出そうとしても、なかなか聞き出せないのだ。フィアウは死んだ母親のことだけ、ちょっと覚えていて、それを話したときは、可哀そうだったと、あとで畑中さんが涙ぐんで私に教えてくれた。畑中さんは、すぐ怒るが、その半面、実に涙もろい人なのである。

質問の途中で、フィアウはのっそりと立上った。飽きてしまったのだろう。風船をかかえて、また私に顔をしゃくって出て行ってしまった。

「ウニャットも面倒になってくると、いい加減に通訳するようになってくるんでね、無理して聞いて不正確になるより、諦（あきら）めた方がええんや」

と畑中さんは口ではそう言っていたが、残念でたまらないらしく、

「フィアウは、なかなか寄って来ないんで困ってるのよ。呼んでも自分より偉い者はないと思っている男でしょう？　ポリスを呼びに行かせても来ないのよ。あんたの足が癒（なお）ったら、一緒にフィアウの家まで出かけようね」

「それ、どこにあるの？」

「ここまで来る途中で見えたやないの。あの山越した向うの山の上や」

「遠いじゃない」

「そうでもないよ、三時間ほどで行けるよ」

私は黙って、自分は絶対に行くまいと思っていた。もう歩くなんて、こりごりだ。それに三時間が、遠くないだなんて、畑中さんはもうニューギニアの寸法しか分らなくなっている。この人を普通の人と思ったのが、そもそも間違いのもとだったのだ。

「女一人が野豚三匹の値打ちだって、あれは本当なの、畑中さん」

「うん、部族間の戦争があると女は逃げ遅れて殺されたり、奪(と)られたりするんで、女の数が足らんのよ。それで女の子は、四歳ぐらいで、豚三匹と引替えに男が買いとって自分のところで養うの。シシミンにはインファント・ブライドの習俗があるのよ」

「子供のお嫁さん？」

「どうも七つ八つのときは、もう嫁さんにされてるらしいわ」

痛ましい話を聞いたと思い、私は眉をひそめた。しかしすぐに、これは人類学という学問の研究対象として格好の材料なのだと考え直した。

「一夫一婦制じゃないんでしょう？」

「力のある者のところに集められてしまうようね。フィアウには奥さんが二人いるのよ。マシュウというのも二人持ってるわね。ただでも数が足りないのに、強いのが独占するから、私とこのテアテアなんかは一生童貞のままやわ。テアテアはあかんつ

(弱虫)で、豚一匹よう獲らんしね」

「元始、女性は豚であった、ね」

平塚らいてう女史の有名な青鞜社宣言は「元始、女性は太陽であった」という一文に始まるのに、ニューギニアの原始社会では女性は豚三匹の値打ちしかないのだ。私が下手な地口を言って笑うと、今度は畑中さんが眉をひそめて機嫌を悪くした。学者にとって神聖な研究対象を私が茶化したのが我慢がならなかったのだろう。

シシミンは狩猟族なので、耕作はサツマイモを植える以外に何もしていない。都会のサラリーマンのように時間をきめて何処(どこ)へ出かけるという人たちではないから、気の向いたときに鳥をとったり昼寝をしたりしているのだろう。フィアウは酋長(ルルアイ)(ファイティング・リーダー)だが、政治的にも種族の長と言えるのかどうか分らないし、ともかくシシミンといっても総人口がどのくらいあるのか畑中さんもまだつかめていないのだ。

畑中さんの家には、二つの入口があって、そこには申訳程度に戸がついていた。そうするまでには、畑中さんが珍しいのでネイティブが家に入りこんで動かなくなることが多く、随分困ったのだそうだ。今は畑中さんの威令が徹底して、女性以外は畑中さんから呼ばれない限り、家の中には入れないことになっている。もっともフィアウだけは例外で、彼だけはポリスの命令でもなんとも思わないので放任してあるというところらしかった。

男たちは入って来ない代りに、女たちは気が向くと、往来を歩くのと同じ表情で家の中にのっそり入ってくる。みんな上半身は裸で、腰のまわりには藺(い)のような草を垂らしていた。長さはウルトラ・ミニ。例外なく腹部が妊娠八カ月ぐらいに突き出ていて、両脇に掻き傷を作って装飾にしている者もいた。オクサプミンの女には入れ墨があったが、シシミンの女たちにはその習慣がないようである。概して小柄であり、畑中さんの言った通り十歳未満のような子供もいて、調べてみると例外なくみんな人妻だった。

「フィナーニ・ロイヤーネ」

こちらが声をかけると、みんな同じ挨拶を返してくる。耳で聞けば優雅この上ないが、全身がシック・プクプクで白くケバだっているのが混じっている。鮫(さめ)肌でなくって、鰐(わに)肌なのである。

この皮膚病は癒らないのだろうかと畑中さんに訊いたら、随分いろいろな薬をつけてみたが誰も癒らないという。

「うつる?」

私がこう訊いたのは、シシミンの女たちの中には人なつこく傍へ寄ってきて、私の腕にさわったり、ワンピースをいじったり、髪の毛をなでまわしたりするのがいたからである。不快感を相手に与えては、畑中さんの迷惑になることと思い、私はその間は躰を硬直させ息を止めていた。腋臭の猛烈な女もいるので、そうしなければ気が遠くなってしまう。

「うつりますよ。私は一昨年、手首にうつって大変やった」

「えッ」

「大丈夫よ、日本に帰ったら気候があわんのか菌が死んでしもうたわ。心配することないよ」

「東京であなたに会ったとき……」

「あのときはもう癒ってたんよ。そやけどねえ、一時は私もえらいことになったと思うたわ。そやから私はどんな金持になっても、鰐皮のハンドバッグだけは買いたいと思わんわァ」

日本に帰れば死に絶える細菌だと聞いても、それで安心がなるわけではない。シシミンの女たちは新入者に親愛の情を示すためか、それとも好奇心によるものか、ともかく来ると私にさわって、あちこち撫でさする。言葉が分らないから、追いはらうこともできない。

シシミンの女たちは豚と交換されるので、豚なみに働かないのかどうか、私には見当がつかないけれども、入ってくると日がな一日、畑中御殿の中にぺたんと坐っていて、私たちが食事にかかっても、じっとまたたきもせずにそれを眺めている。五、六人の女たちにじっと見詰められている中で食物を口に運ぶのは、私には苦痛だった。

「出て行けと言うても出て行かんのやから、向うが飽きて出て行くのを待つよりしょうがないんよ。まあじきあんたも慣れるわ」

スプーンやフォークをテーブルの上に並べておくと、ちょっと眼をはなしているすきに彼女たちが手にとって眺め、手から手へ移って、取返すまでに数人の手にいじられている。はじめのうちは一々洗っていたが、そのうちに私も平気になって、そのまそれを使って食べるようになってしまった。

「なんやて？　フィアウが？　ふうん、ほんまか？」

畑中さんが、食事の途中で、一人の女の話に身をのり出した。彼女と畑中さんはシシミン語で話しているのだが、私に分るのは、その間に入る畑中さんの関西弁だけだ。

「フィアウがどうかしたの？」

「うん。フィアウの第二夫人が、お産をするらしい。ちょっとウニャットを呼んできてくれへん？」

そこで私は大声で通訳の名を呼びながら彼を捜し出し、連れて戻ってくると、畑中さんはノートを片手に、すでに質問を始めているところだった。

「運がよかったなあ、こんなに早くシシミンの出産に出会うとは思わなかった。お産は女だけで、女の家に籠ってやるらしいよ。フィアウの第二夫人も生れた赤ん坊も、まだ当分は女の家にいるんやて。女の家は男子禁制やて。通訳はつれて行かれへんけど、あんた一緒に行ってね。お産の専門語は私はよく分らんから」

「いいわ、歩けるようになったらね」

「もう歩けますよ、あんた。歩いているやないの」

「山歩きはまだ無理よ」

「山も家の中も同じですよ。気持さえしゃんとすれば、どこでも歩けますよ」

気持がどうしゃんとしたところで家と山の中が同じだということは絶対にあり得ない。私は完全な歩行恐怖症にかかっていた。それに足の爪はまだバクバクで、本当に痛いのだ。とても運動靴だってはけるような状態ではなかった。しかしシシミンの出産で夢中になっている畑中さんに、そんなことを言っても通る場合ではないから私は黙っていた。

シシミンの女性の風俗について、もうちょっと詳しく書いておこう。

たいがいの女は、男と同じように鼻に穴があいていて、そこに細い青竹を真一文字にさしていたりしたが、男と違うのは片方の耳に、おそろしく太い竹をさしこんで飾りにしていることであった。竹の太さが直径三センチから四センチ——日本に帰ってこの話をしても誰も本気にしなかったが、竹に彫りこんだ単純な幾何模様も、なかな、か綺麗なものであった。

シシミンの女たちが引揚げたあと、私たちは必ず蚤に悩まされた。彼女たちが落してゆくらしい。

「痒い。ああ、痒い。あんた、痒うないん?」

「痒いわよ。痒くないわけないでしょ」

午後四時すぎると、それまで休憩していた虫どもが、またぞろぞろ外界に出てくるらしくて、それから夜の就寝時間まで私たちは何をするにも片手はいつもどこかしらボリボリ掻いていた。

「シシミンたちは痒くないのかしら」

「さあ、掻いてるとこ見たことないわ」

「免疫になってるのかしら」

「さあねえ」

ボリ、ボリ、ボリボリ。

10

ヨリアピに逗留している間に、私にとって最も印象的だったのは、シシミン族の生態よりも畑中さんの忍苦の生活だった。まったく、学者と清貧がつきものだというのが常識だと思っても、それでも畑中さんの貧しさは、私があるときは声を呑み、言葉を失うほど度はずれていた。

なにしろ畑中さんの最初の計画では、去年（一九六七年）、岩波新書で出した「南太平洋の環礁にて」初版の印税約五十万円だけで、四年間のヨリアピ滞在費に充てていたのである。この中に往復の船費も含めていたのだ。幸いなことに、その計画をきいて心配して寄付して下さったところがあったので、私はやや胸を撫でおろして去年は送り出したのだが、ヨリアピに来てみると、寄付金のありがたみが私の骨身にまでしみるほどであった。

住居は素晴しく大きいのを（大きいだけだったけど）オーストラリア政府が建ててくれていたが、畑中さんのベッドはキャンバス・ベッドで、それは丸のままの木を組んで帆布をはった登山やキャンプ用のそれである。ほんの一週間ほどの滞在ならキャンバスで眠るのもいいだろうが、畑中さんは四年間そのベッドで寝るつもりなのである。キャンバスはパトロール事務所からの借り物で、上等だと畑中さんは威張っていたが、私は自分がそこに一カ月寝てみたあげく、なんとかして薄いマットレスを送る手だてはないかと考えるようになった。畑中さんは自分が若く見えるのを自慢にしているが、よく齢(とし)というものを考えれば、お互いそろそろ無理のきかない躰になっているはずなのである。

衣類はまあネイティブの前でトップモードを着ることはないし、年中夏ばっかりなのだから楽だとしても、持物のほとんどがポリネシアに行っていたころの、つまり最初のフィールドワークのころからの洋服ばかり、数年前の夏服である。私はヨリアピにいる間、それらのワンピースの裾をあげて、どんどんミニドレスに改造してあげ、彼女は大変喜んだのだったが。

ネイティブ用にと私が持って行った古着を、彼女は自分が一度着てからにすると言って、ブカブカのでも着てご機嫌になっていた。洋服は女の気分を簡単に変えてしまう力を持っているが、彼女もくさくさするときは、パッと着替えて気分転換をはかる。長い滞在中、私もストレスがたまると変ったものが着たくなってたまらなくなったが、残念なことに大は小をかねるけれど、私が畑中さんのものを着るわけにはいかなかった。

まあしかし、家は雨露がしのげるし、ベッドだって洋服だって命にかかわることはないが、食べもののほうは、これからの畑中さんの健康を考えると、私は今でも心配でたまらない。主食はビスケットといえば格好がいいが、戦時中の記憶のある方なら、すぐおわかりになるだろう、あの物悲しき乾パンなのである。それと副食品は、中華人民共和国の交易公司からニューギニアに輸出されているコンビーフ。畑中御殿の貯蔵庫の中には、この二種類の食品が、卸屋の大箱入りでバンバンと積みあげてあった。

「あなた、肉なら肉で、いろんな種類の缶詰があるでしょうに。何も一種類だけ、こんなに買いこまなくたって」

私は呆(あき)れてしまったが、彼女もその点は後悔していることしきりで、

「今になれば私もしもうたなと思うんやけど。キリのあるお金で、できるだけ長うにニューギニアにいようと思うと、いちばん安いものを選ぶことになってしもうたんや」

「だってあなた、お金のほかに栄養ってことも考えなきゃいけないでしょう?」

「それは贅沢(ぜいたく)というものやで。それに他のと食べくらべたら、この中国製のコンビーフは味もなかなかよかったんや」

「でも、これだけ一品を積みあげたんじゃ……」

「そら、すぐ飽きてしもうたわ。あんた、せいぜい仰山食べて行って頂だい。頼むわよ」

しかしながらコンビーフの缶詰なるものは、二人の知恵をいかように絞っても、三種類以上の料理法は考えられなかった。他にはろくな香辛料がなく、畑からとれるものは、トマトがこれも一種類だけ。

この畑のことも書いておこう。

畑中御殿の真裏に、猫の額ほどの土地を耕して、そこが家庭菜園になっていた。私が着く直前まで毎日どじょう隠元が腕にあまるほどとれて、毎日毎日どじょう隠元のメニューだったらしいのだが、私が着いたときは、隠元豆は終っていて、数本のトウモロコシがとれたほかは、トマト、トマト、そこらじゅうがトマトで、キュウリは終りかけて黄色くなり、大根も赤蕪も地上の茎が天高く伸びて、花も咲き終り、土から引抜いてみればスだらけになってしまっていた。

「収穫期を考えて、一人だけの食料なんだから、いろんな種類が少しずつ取れるようにしておけばよかったのに。ああ、ああ、キュウリが熟れすぎてつぶれてるわ。もったいない」

「それでもなあ、この畑から野菜がとれるようになるまでは、本当に乾パンとコンビーフだけやったんよ。初めてキュウリのとれた日のことは忘れんわ。人間は勝手なものやで。戦時中でも畑いじりはせえへんかったのに」

「でもねえ、今朝もバケツに一杯とれたけど、明日も赤くなるのがバケツ一杯ぐらいあるわ。トマトばっかりとれすぎるわねえ」

「うん。そやけど土質と気温の関係で、蒔いても芽を出さん野菜もあったんよ」

「だけどあなた、トマトばっかりですよ、当分は」

私が同じことばかり言うので畑中さんは、また怒りだしてしまった。

「そやかてあんた、私はニューギニアへ野菜作りに来たんと違うんやからね！」

これはその通りだったと私はシャッポを脱ぎ、それからはときどき畑へ出て、スコップで少しずつ耕して種を蒔いた。ニンジン、ダイコン、キュウリ、トマト、カボチャ、トウモロコシ。ウイワックで買ってきた野菜の種は一通り蒔いて、私の帰るころには勢いよく芽を出したものもあったのだが、その後の畑中さんからの便りによれば、私が帰ったあとは旱りが続いて、そのほとんどは種子のまま死んでしまったのだという。

私が畑に出ていると、ポリスもシシミンたちもやってきて、いつまでも私を眺めている。一日にとれるトマトは二人では食べきれないので、最初は気軽くわけてあげた。ポリスたちは大喜びしたが、シシミンたちはトマトを見たことも食べたこともなかったらしく、一個のトマトを三、四人で分けて食べて、眼をぐるりぐるりまわしながら

味を見ている。テアテアに、どうだと聞いたら、

「スイートモル（おいしい）」

と、ピジンで答えた。

「テアテアは何を食べさしても、おいしいと言うんで、困るんよ。コンビーフ一缶は開けても私一人で食べられへんのでねえ、やると味を覚えてそれからは缶詰あけだすと傍に来て待ってるんや」

「じゃ、私が来てからは缶詰はあまらなくなって、テアテアは恨んでるかもしれないわねえ」

「ああいうおとなしいのが恨みを持ったら、あんた怖いよォ」

「おどかさないでよ」

二人で喋りながらトマトをとっていると、いつの間にか味を覚えたシシミンたちが集ってくるようになった。もう知らない顔が出来ないので、採ったトマトを一つずつ与えてやることになる。こういうことが度重なると、シシミンたちの食べるトマトを私たちがせっせと栽培しているような錯覚が起こってくる。

「阿呆らしになってきたわ」

「まったくねえ」

畑中さんは、とうとうこらえかねて通訳を呼び、集っているシシミンに演説をして

聞かせた。その要旨は、トマトがほしかったら、あなたたちも畑を耕して、トマトを作りなさい。種はわけてあげます、というものだった。みんな腕組みして、なかにはニヤニヤしながら聞いている者もいたが、演説が終っても誰も種をもらいに来なかったし、翌日も私たちがトマトをとりはじめると、ぞろぞろと集ってくる。

「畑のものを盗むことはしないのね。部族の中でルールが厳しいのかしら」

「違いますよ。ミセズのものを盗ったら、これやぞ、とポリスがライフルを叩いて見せてるんですよ。なにしろ、私よりポリスのほうが偉いと思うてるんやからね、連中は」

　私は台所で働いたことのない女だし、畑中さんだってニューギニアの奥地へ平気で出かけてくるような人だから、家庭的という範疇に属するひとじゃない。それで材料は乾パンとコンビーフとトマトだけなのだから、腕も材料も悪い結果の食膳は惨たんたるものになった。

　ポンプ式の石油コンロが一つ。飯盒が一つ。お鍋が二つ。台所用品も最も簡素であった。私の作ったもので畑中さんがおいしいとほめてくれたのは、日本から船便で送っておいたインスタント・ラーメンだけであった。それもウイワックのスーパーマーケットで買った洒落た陶器のスープ皿がよかったからしい。

「インスタント・ラーメンがこんなにおいしいものとは知らなかったわ。あんた味付け上手やねえ」

味付けはラーメン会社のしたもので、私の手柄ではなかった。乾パンとコンビーフから、ちょっと目先が変ったからだろうと思ったが、本当においしそうに眼を細めている畑中さんを見て、私はふっと、胸のなかに熱いものがこみあげてくるので困っていた。

「あんたが私と同じ食生活に耐えられるとは思わなかったから、お米も買っといたし、ほら、おかずも別にしてあるのよ」

貯蔵室の片隅の小さなダンボールの箱には、有吉氏用とマジック・インキで書いてあって、その中には鶏のうま煮とか、ビーフシチューだとか、チーズなどの缶詰が入っていた。こんなに切詰めた生活の中で、私にこんな贅沢をさせるつもりで待っていてくれたのかと思うと、私は胸が詰って、言葉がなかった。

しかし私のヨリアピ滞在は予定の一週間を三週間もオーバーしてしまったので、これらの贅沢品は一週間で食べつくしてしまい、やがて私も特別待遇から昇進して畑中さんと同食生活に入っていったことになる。もっとも畑中さんに言わせると、

「あんたが来てくれてから私はよう食べるようになったんよ。三度三度ちゃんと食べてるし、よう喋るから、お腹もへるわ。一人のときは、紅茶いれて、乾パン食べて、一日それが一食だけということもあって、生活も不規則で」

「それがいちばんいけないわ。駄目よ、食べなくちゃ。躰が資本みたいなものでしょう？」

東京にいると私も始終言われていることだが、だから他人事でなく私も本当に心配になった。ヨリアピにいる間、私は何も仕事がなくて、ただ足の指の恢復を待つだけだったから、まことにお恥ずかしい話だが、三度の食事のことばかり考えていた。なんとか目先の変った献立で、畑中さんを喜ばせてあげたかったのだ。しかし、ふだんなれていないから、こういうときはまるで役に立たない女で、われながら情けなかったし、畑中さんにご飯の水加減まで毎度みてもらって、かえって彼女の仕事の邪魔ばかりしていたことになる。申訳ないと思い、早々に引揚げたいと心ははやったが、足は一週間たっても二週間たっても癒らない。第一、あのジャングルの道を、もう一度歩くのかと思うと、それだけで、また気絶しそうになる。

「いいわよ、乾パンとコンビーフ食べきるまでいてもかまいませんよ」

私が乾パンとコンビーフにそろそろ辟易しているのに気がついたのかどうか、畑中さんはそんなことを言って笑っている。

夜になると、やはりポンプ式の石油ランプに火をつけて、リビングルームの中央に吊した。

「二十ドルのを買えば、もっと明るいんやけど、私はそんな高いもんに手が出なかったんでねえ」
ものは見えるが、活字を読むには暗い。ことに畑中さんは弱視なので、夜は本が読めないのが辛いらしい。タイプを打ちかけても、すぐ疲れてしまうようだった。

火をつけると、虫の大群が寄り集ってくる。その日の気温で夜の虫の種類が違い、ある日は蛾の大群が襲来し、ある夜は霞のように小さな羽虫が飛んできて、これがランプのホヤに上から飛び込んで、ついには火まで消えてしまう——。

ニューギニアには日本の機械製品が出回っていて、ポリスの持っている腕時計もトランジスタ・ラジオも、セイコーとかナショナルなど懐しい名前の日本製だった。オクサプミンでは、キャプがホンダのモーターバイクを乗りまわしていたし、彼の部屋には、ホンダのポータブル・ジェネレーターがあり、夜になると、彼はそれで電灯をつけた。

ニューギニアでは、畑中さんのほかに一組のアメリカ人の学生夫婦や、ニュージーランドの言語学の研究者などに会ったが、彼らも申しあわせたように同じホンダのジェネレーターを持っていて、夜は電灯という文明の光の下で食事をしたり本を読んだりしていた。機械にうとい私は、ニューギニアに来て、こんないいものが日本に出来ていたのかと驚いたくらいである。

外国人が、こんな奥地へ来て、日本製の電気器具や機械を重宝しているのに、ニューギニアではただひとりの日本人である畑中さんが日本製のジェネレーターを持っていない。それを買うこともできないほど貧しいとは、私にはどうにも我慢のならないことのように思えて、たまらなかった。

「いちばんほしいものは何かと聞いたときに、なぜ、このことを書いてくれなかったのよ」

「そやかて、あんたにもらう筋はないやないの。まあ、私より貧乏してる学者は……」

「他にいるっていうの?」

「おらんかしら」

「いるもんですか!」

「それでもポリスもネイティブも、ミセズは金持やと言うで。下には下があるもんや」

畑中さんはそのあとで、あるアメリカの高名な人類学者が、ニューギニアへ調査に行くのに、いちばん必要な持ちものはと聞かれて、それは冷蔵庫であると言ったという笑い話を教えてくれた。それを聞いて私は、ほんの義理で笑ったが、冷蔵庫とジェネレーターでは同じ話にならないと頑(かたく)なに思っていた。

ニューギニアには百人もの人類学者たちがもぐりこんでいるが、畑中さんは多分、その中で最も貧乏な一人であるに違いない。こんな忍苦の生活を、この人はこれから三年も続けるというのだろうか。私は粛然としていた。

11

機械といえば、例の日本から私が送ったロカ器について、その顛末を書いておかなければならない。

オクサプミンに、それを担がせるとき、これを落しでもしたら爆発して、お前は死んじまうぞと畑中さんが脅したことは前に記したが、ロカ器を担がされた男はジャングルを歩くとき、そういうわけでこの上もなく緊張していた。二日目のことだったろうか、岩山をよじ登っているとき、途中で一休みしていた彼がよろよろ歩いて来る私に、なんともいえない憐れみの表情を見せた。未開人といえども人間には共通の心情があるというのが、畑中さんの著書に見られる一貫した主張だが、彼もまたあまりの哀れさに、つい私に手を貸してやろうという気になったのだろう。さしのべられた腕に、私は夢中ですがりついた。

何度も書くが、ジャングルは樹木がびっしりと生い繁っていて、陽がささない。鬱蒼とした中は、土も木も湿っていて、岩の表面は苔と泥でぬるぬるしていた。数歩もいかぬうちに私は足を滑らせ、大女の私の全身の重量が、小男の彼の片腕一本にかかった。

「ぎゃあッ」

悲鳴をあげたのは私でなく、彼であった。彼もまたずるずるっと足を滑らせ、その瞬間、額から背中に担いでいたロカ器が原爆にも等しい危険物だと気がついた。それが悲鳴となってまず現われ、彼は死にもの狂いで彼の腕にすがっている私を振り落した。中国の英雄王杰（おうけつ）は、他人を救うために爆発物に抱きついて事故を最小限にくいとめたが、オクサプミン族に犠牲的精神を要求するのは酷だろう。彼はまっ青になって（多分、血の気はひいたと思うが、褐色の肌の色は厳密に言えば変らなかった）一身の安全を期したのである。

おかげで彼に突き放された私は、岩山を三メートルも転落し、したたかに腰を打ったが、あんな険しいところを転がり落ちて骨折もしなかったのは今から思えば不思議な気がする。あんたは運がいいと、ニューギニアにいる間に何度も私は畑中さんに言われたが、これも運のよかった一つだろう。

翌日、私が半死半生で畑中御殿に担ぎこまれたとき、ロカ器はすでに先に着いていて、リビングルームの中央に恭々（うやうや）しく安置されてあった。

「これ、どないして使うん？」

畑中さんは、もう何カ月も前に私の手紙で、私が船便でロカ器を送ったということを知って以来、大層楽しみにしていてくれたらしいので、私は一夜明けると節々の痛む躰を起こし、足をひきずりながら、さっそく浄水作業にとりかかることになった。

「ビッグペラ・ミセズが日本から持ってきた機械やぞ。川の水でも、透明になる。さあ、汲んで来なさい」

畑中さんはテアテアに、ピジンとシシミン語と日本語をまぜこぜにして説明し、バケツを持たせて勢いよく送り出した。

「日本語が混ざるのに、よく通じるものだわね」

と感心したら、

「あんたが来るまでは日本語を使うたことなかったのに、あんた来てから私の言葉はすっかり滅茶滅茶になってきた」

と、畑中さんがこぼした。私が来る前のことは、誰に証言の求めようもないから、多少疑わしいなと思いながら、

「あら、そうオ。悪かったわね」

と、私は気軽く相手をしていた。

円筒型のロカ器には、透明ビニール製のホースが上下に一本ずつ付いていて、上のホースの先に漏斗（じょうご）をはめこむと、それだけで準備は完了した。

テアテアが汲んできた水は、文字通りの泥水だった。茶色く濁っていて、もちろんバケツの底など見えない。これが川の水か、と私はあらためてびっくりした。

「あなた、これを飲んでたの？」

「うん、煮沸したり、消毒液おとしたりして。そやから、もの凄うまずいわ。なまで飲む方がまだましや」

「なまで？　この水を？」

「うん」

こんな泥水をすすりながら、よく今まで生きていたものだと、私は本当に呆れてしまった。と、同時に、私はそんな泥水地獄から畑中さんを救うのだという崇高な使命感を覚えた。

「待ってらっしゃい。これを通せば水道の水でもカルキの臭気がぬけて、泉のようにおいしくなるのよ」

それは、このロカ器を買いに行ったとき、店員が胸を張って述べたてた効能の通りだったのである。一年間の使用に耐えると彼は明言した。

私は片手でプラスティックのボウルをつかみ、泥水をすくいあげ、左手で支えている漏斗の中に注ぎ入れた。茶色い水が、透明プラスティックのホースの中をゆっくりと走って行く。一杯、また一杯と私は元気よく同じ作業を繰返した。

「あ、出てきた、出てきた」

畑中さんがもう一方のホースの先を持って、大きなプラスティックのボウルで受けていたが、叫ぶと同時に顔を上げて、

「あんた、まっ黒な水が出てきたよ」

と言う。

無色透明になるはずが、まるで墨汁のようなものになって出てきたのだから、私は仰天した。

「はじめのうちだけでしょ。水を漉すのには木炭を使うって言うじゃない。その粉が混じってるのよ、きっと」

「そうかなあ。変やなあ」

「大丈夫よ。確かな人の紹介で買ってきたものなんだから」

「扱い方を書いた紙はどこ？」

「そんなもの、くれなかったわよ」

「これ、高いもんなんやろ？　それで説明書ついてへんはずないと思うけど」

「だって簡単じゃないの。一方の口から入れれば、一方の口から出てくるのよ。ほかにやり方ないじゃないの！」

「あんたに科学的な知識があるとは思えんからねえ。どこか操作が間違ってるんと違

う？」

「だけど、これ以外の操作だの方法があると思う？」

「ほやけど、水はまっ黒やで、まだ」

「ちょっと色が薄くなったんじゃないかしら」

「私もそう思いたいけどなあ」

ボウルにたまった水を捨てては、また受けてみるが、テアテアの汲んできたバケツの水全部注ぎこんでも、出てくるのは黒い水ばかり。私は失望と落胆と畑中さんに対する羞恥(しゅうち)で、目が眩(くら)みそうになった。

「テアテア、もう一杯、汲んで来なさい」

二杯目のバケツも、三杯目のバケツも、ただただ茶色い水から黒い水を作るという結果しか招かなかった。私が全身汗まみれになって、馬鹿のように汲んでは注ぎ、汲んでは注ぎと同じことを繰返している間に、畑中さんは黙って彼方へ行ってしまい、テアテアも黙って、私の作業をじっと立ったまま、いつまでも眺めていた。

午後になって、ポリスのバガノとオブリシンと通訳のウニャットがやってきて、水を綺麗(きれい)にする機械というものを見せてほしいと言いだしたときは、私は穴があったら死にものぐるいで這(は)いこみたいほど情けなかった。

「ビッグペラ・ミセズはまだバーガラップ（こわれている）やから、あかん」

　畑中さんが追払ってくれたあと、私は感謝の意をこめて、名誉挽回を試みようとした。携帯用ロカ器を十数本用意していたことを思い出したからである。

　それはアコーデオン式に伸縮のきくプラスティック容器の口に、同じくプラスティックの筒の中一杯に砂状のものを詰め、容器のほうに水を入れて、筒をはめてから底を押すと、筒の先から漉された水が出てくるという寸法になっていた。

「ああ出てきた。今度はきっと大丈夫やで」

　畑中さんが喜んで、大きなボウルで受けてくれた。私は心中の喜びを隠しきれなかった。

「透明や、透明や。無色透明や。有吉さん、ありがとう」

　畑中さんは声をあげて、漉した水をコップに移し、一息に飲み干して、

「ああ、おいしい」

　と言った。

「ヨリアピで、こんな水が飲めるとは思わなかったわ。本当にありがとう」

　私は畑中さんの感謝に応えるべく、その午後はずっとこの作業を続けるつもりだった。何しろ足の爪ははがれているし、足も腰もリューマチにかかったみたいに痛くて動けない。畑中さんは朝から川へ出かけて、自分のものばかりでなく私のシャツやスラックスまで洗濯してくれ、朝も昼も夜も、食事は彼女が整えてくれるし、私はただ

さえ実用向きでない女が、全身これバーガラップになっているのだから、畑中さんの邪魔になっても、何一つ役に立ってはいない。その申しわけに、せめて飲み水だけはつくってあげたいと思ったのだったが、この携帯用ロカ器は小さくて、アコーデオンの中はコップに一・五杯分の水しか入らない。しかも、水を押し出すのが決して楽々とは出来ないのだ。最初の一回はまあまあ楽に出るが、二回目はかなりきつく、三回目になるとコップで一杯半分くらいの汗が流れ出すほど力がいる。おまけに水の出方に勢いがなくなる。

最初の一本は三回で詰ってしまった。何かの間違いだろうと、もう一本新しい筒ととり替えたが、これは三回目の途中で詰ってしまった。それまで、何か言いたいのをこらえにこらえながら眺めていた畑中さんも、ついに、

「あかんなあ」

と大声を出した。

「あんた、ええ加減なとこで買うてきたんと違うか」

「だけどこれマナスル登山隊も使って重宝したって言ってたのよ。あの台詞(せりふ)が嘘とは思えないわ、私」

「ふうん」

しばらくしてから畑中さんが言った。

「ニューギニアは、マナスルより凄いとこなんやで、つまり」

私も、まったく同感だった。こんなところへ、いったい、なんだって私は出かけて来てしまったのだろう！

一年は保証すると言ったのだからと、それから後も私は三日ばかり続けてテアテアに水を汲ませ、未練とも恨みともつかぬ気持で、片方のホースから水を入れ、茶色い水を黒く変色させる作業を執拗に続けていた。いったい、なぜこういう事態が発生したのか、私には理由がわからない。三カ月も前に荷造りし、送り出したときから思い描いていた夢が、こういう形で打ち砕かれるのはやりきれなかった。これがどうしても黒い水ばかり出るということであれば、と私は考えた。畑中さんも楽しみにして待っていてくれたのだし、ジャングルの中を必死で担いだオクサプミンの手前だって、私は「あら、駄目だったわ」ではすまされない。日本へ帰ったら、あの航空会社のエージェントと、このロカ器の製造会社には火をつけて焼き払うか、爆弾でも仕掛けてぶっ飛ばしてしまうか、この二つに一つしかないぞと私は決意していた。私は畑中さんのように怒りっぽくはないが、一度怒ったら最後、自分で持て余すほど執念深く復讐心が強いのである。私は自分の作家としての才能にしばしば悲観して鬱の極みに陥ることがあるが、そういうときには私が怒ったときの執念深さと、わが身を傷つけても復讐してきた自分を振返って、ひょっとすると私は大丈夫なんじゃないかと思って

ようやく立直っている。畑中さんは怒りを口からぶちまけて発散させてしまうが、私はふだんは陽性のように見えて、実は怒ったときは陰惨なくらい黙りこみ、推理小説の筋立てをするように復讐の手段を思いめぐらすという困った性格である。

それにしてもジャングルの中で、ロカ器の製造会社を相手にこれほど怒り猛るのも妙なものだった。

「あんた、もうええ加減にしなさいよ」

畑中さんが笑いながらとめたが、私は毎日、午前中はロカ器相手に同じことを繰返していた。茶色い水は、三日目も相変らず黒い水になって出てくる。テアテアは、黙って眺めていて、ポリスたちは彼から報告を聞いたのか二度と機械を見せてほしいとは言い出さなくなった。

最後には畑中さんが、すっかり癇を立ててしまった。

「茶色い水が黒うなるロカ器などというものがある道理がないやないの」

と、彼女は叫んだ。私も、まったく同感だった。こんな馬鹿げた話があっていいものだろうか。

畑中さんは続けた。

「それ、あんたが壊したんやで、きっと」

私は一瞬茫然として、手からバッタリ漏斗を取落した。脳味噌を、いきなり掻きまわされたような気がした。

私に大打撃を与えた畑中さんは、フィールドノートから、採集した単語をタイプに打っているところだった。彼女はロカ器に関する結論を下して、やっとさっぱりしたらしく、音高くタイプを打ち続けていて、もう私のほうなど見向きもしない。

彼女は「仕事中」だった。

仕事中に別な話で喧嘩を売られたりすると、逆上して何をしでかすかわからない。これは私も小説を書いている最中に、仕事中だと家の者が言っても強引に電話口へ呼出して、つまらない話をしかけてきた相手には、それまでの人間関係を滅茶滅茶にしてしまうほど激怒し、収拾がつかなくなったことが何度もあるので、よくわかる。

それでなくても私は、いわば虚を衝かれていた。

ロカ器との闘いは、「勝負あった」という天の声で終りをつげた。それにしても、目ざわりなこと、おびただしい道具である。私は数日間それを放りっぱなしにしておいたが、川へ流して捨てるのも運ぶ手間がかなわないし、何しろ私には重すぎる相手なので、貯蔵室の隅へ引きずりこみ、山のように積上げてある乾パンの箱の後へ隠した。

無用の長物め、と舌打ちしながら、ふとこれは私に似ているのではないかと気がつき、どきッとした。ああ私は今、ニューギニアにいる。

12

ある朝、シシミンたちのシングアウト（奇声）が聞こえたので、私はアメリカ原住民の襲撃を受けた西部開拓民のように素早くベッドから飛び起きたつもりだったが、残念ながら蚊帳に巻きついたまま床に落ちた。こうなると投網にかかった魚と同じことでもがいても跳ねても容易なことでは蚊帳から出られない。寝呆けているし、慌てている。ここはニューギニアだったと気がつくと、

「ハ、ハ、畑中さんッ」

助けを求めたのか、彼女の無事を確かめたかったのかよく分らない。第一、思うように声が出ないし、喉がかすれている。

ようやくの思いで這い出して行くと、畑中さんはリビングルームの柱にもたれて、家の外を眺めていた。

「どうしたの！　何なの？」

振返った畑中さんは、顎をしゃくって、見れば分るではないかという顔をした。寝

起きの大層悪い人なのである。

ポリスのバガノがライフルを肩にして総指揮に当り、シシミンたちが河原から岩や砂をそのまま肩に担(かつ)いだり、大きなパトロール用の金属製の箱で運んだりして、家の前をシングアウトしながら通り過ぎる。見れば、彼らは畑中御殿の玄関から、別棟のトイレまで約十メートルほどの間に、美しい小径(こみち)を造っているところであった。幅一メートルほどの両側に大きな河原の岩々を並べ、その間を地ならしして、川砂を敷きつめる。それは大変な労働であるはずだったが、みるみるうちに公園のようなロマンティックな小径が出来てきたので、私は嬉しくなってしまった。

「私が来たので、歓迎してくれているのかしらね」

畑中さんも、ようやく機嫌がよくなってきていたらしい。笑いながら答えた。

「長生きするわ、あんた。シシミンたちは、私が久しぶりで帰って来たんで大喜びしているんですよ」

多分、二人とも長生きするだろう。その日のうちに、その作業は完了したが、あとになって分ったことは、バガノとオブリシンのヨリアピ任期が間もなく終るので、滞在し任務を果した実績として何か形をつけておく必要があったらしいのである。

オーストラリア政府が畑中さんを保護し、シシミン族と政府とのコミュニケイションを深める目的で、ヨリアピに派遣してくるポリスたちは、六週間で交代するという制度になっていた。

「今度来るポリスは二人とも独身なんよ」

畑中さんがにこやかに言ったので、私は妙な気がした。独身の男性が二人やってくるというのが、そんなに心楽しいことなのか。独身といったって、ネイティブじゃないか。私は人種差別に絶対反対の立場を死守するものだが、どうもまだニューギニアの、鼻の先や耳朶に穴をあけた人々から男性を意識する気にはなれなかった。

「ウシというのと、ビナイというのとが来るんや。ウシは無口やけど誠実で、精悍よ。ビナイは、ちょっと知的な顔してるん。あんたもきっと気に入ると思うわ」

オクサプミンには一泊したから、二十人からいるポリスたちは見渡していたけれど、あの中にそんな知的な顔があったかしらん。それにしても、畑中さんが大分前から二人の独身青年の交代期を心待ちにしていたという様子はしれた。誠実なウシと、知的なビナイ。ああ、畑中さんの人間判断の基準は、いったいどういうことになっているのだろう。

明日は来るという二人の青年を褒めちぎっている畑中さんに、私は少々バガノとオブリシンをかばってあげたくなった。あの苦難の山坂を、オブリシンは黙々として常に私の背後に立ち、急げとも、起きろとも言わず、優しい目をして守り続けてくれたではないか。さらにまたバガノの素晴しかったことはどうだろう。私を背負って、熱帯樹の根がからみあう急な坂道を、ひた走りに走ったときのことは、東京へ帰った今でも私の感動を呼び起こさずにはいられない。バガノと別れるとき、私は感謝の意を示すために、もし畑中さんが止めなかったら、ローレックスの腕時計をもう少しで外してやってしまうところだった。

「あんた阿呆やなあ。この連中にローレックスも安物の時計も違いは分りませんよ。やめときなさい。シャツも首飾りもあげたやないの。十分ですよ、あれで」

「それじゃ、十ドルでも渡そうかしら」

「私を怒らせる気ィか、あんた」

言う口の下から畑中さんは怒り出していて、

「それでなくてもアメリカの人類学の連中がやってきて、ばかばか金を使うんで、石斧でも弓矢でも値段が暴騰してるんよ。私はもう、それで参ってるんですよ。ポリスが文明人を背負って山越えするのは、いわば彼らの義務やないの。他に仕事は今のところ何もあらへんのやからね。チップに十ドルも札ビラを切られたら、私ら大迷惑や。やめて頂だい。あんたの小説が去年（一九六七年）よう売れて、お金があるのはよう分った。分ったから、お金はひっこめて頂だい。彼らをスポイルしてしまったら後に残った私が迷惑する。私はここにまだあと三年いるんやからね」

頭からがみがみ叱言（こごと）を浴びせかけられて、私は少なからず閉口した。

「分ったわよ」

「ここは東京と違うんやからね。一切、私の言う通りにして頂だい。お金でも物でも、私に相談なくネイティブにやらんようにして。ここまで来たら、私に従うてもらわんと困りますよ」

「うん、そうする」

郷に入っては郷に従えと言うではないか。私は温和しく肯き、従順そのものだった。ニューギニアの奥深く入ってから畑中さんの人格が一変したように、私も東京で生きているころの私を知る人なら信じられないほど温和そのものになっていた。畑中さんがどんな乱暴なことを言っても、むかっともしなくなっていた。何しろ帰れと怒鳴られたって、おいそれとは帰れないところへ来てしまっているのだ。私は心底から観念していた。大きな躰を小さくして、恐縮して御殿の居候になったというわけである。

畑中さんを、ネイティブたちは私と区別するためにナンバーワン・ミセズと呼んでいて、私もポリスたちと話すときは畑中さんのことをやはりそのように呼ぶようになっていた。東京では私の方が威勢がよかったはずなのに、立場はすっかり逆転している。私はまるで畑中さんの侍女のようだった。侍女だから、文字通り傍に侍っているだけで、下女ほどのはたらきもないのである。

畑中さんの勤務評定では、オブリシンは温和しいが何分にも年寄りで物の役に立た

ないと言うのである。

「幾つなの、彼」

「さあ、三十三か四ィやろ」

バガノは体力はあるがお調子もので、誠意には欠けるところがあると畑中さんは言うのだが、私にはあんな頼もしい男が他の世界に一人でもいるとは思えない。三十三歳のオブリシンが年寄り（ラプーン）で使いものにならないというのでは、もう三年すれば四十女の仲間入りすることになっている私たちは嫗（おうな）になってしまう。いや、この場合は山姥（やまんば）だ。

二人の山姥は午後四時ころは、あまりの暑さに喋（しゃべ）るのも億劫（おっくう）になり、広いリビングルームで物を言わずに伸びていた。

私は望郷の念しきりで、子供のことばかり考えていて、吾が子よ、この愚かな母を許せと、そんなことをぶつぶつ呟き、なんとかして歩かずに、あの山々を越す法はないものかと、思えばさらにぐったりして、なんで出て来てしまったのだろう、どうして誰も止めてくれなかったのかと、またしても恨みであった。

突然、畑中さんが飛び起きた。

「ポリスが来たよ」

「え？」

「ほら、聞こえるやろ、シングアウトや。あれがオクサプミンのシングアウトやで。新しいポリスらがやって来たわ！」

私はまだそのころ、シシミンとオクサプミンのシングアウトの違いを聞き分ける耳は持っていなかった。畑中さんの真似をして家の中から柱にすがって身をのり出してみたが、何の声も聞こえない。何しろ水の音が激しくて、それは音だけ聞けば豪雨のようなものなのだ。

「聞こえないわ、私」

「聞こえてるわよ。ほら、あれや」

伸び上がって畑中さんの視線を追っていたら、光は音より早く届くという科学の法則の通り、まだ私には聞こえないものが見えてきた。数人のオクサプミンの姿が、遥か向うのジャングルから、ちらちらと見え隠れし、彼らに呼応して、こちらのポリスたちもシシミンも集ってきてシングアウトを始めた。

この光景は、ちょっと感動的だった。

ネイティブには、ただ一日で歩けるジャングルであっても、オクサプミンとシシミンは種族が違う。畑中さんの存在を核として、ポリスの交代や郵便物などの運搬の度毎に、二つの種族が喜びの声を交しあうのだ。一九六一年に白人文明に接したオクサプミンと、一九六五年に発見されたシシミンが、昔は戦争などもしあった間柄であったかもしれないのに、今は平和なシングアウトで友好的に結びあおうとしている。

畑中さんがもう一つ待ち構えていたのは、ウシとビナイが引率してきたオクサプミンの一人が、畑中さん宛ての郵便物を持って来ているはずだということである。その中に、私宛てに母からの便りが混じっていた。私の子供が、大きな平仮名で、はやくかえってきてね、まま。と書いてある一枚の紙が折りこんであったのを発見したときは、私はおろおろして、涙ぐんでしまったのだが。

新任者のウシとビナイについては、畑中さんが私に与えてくれていた予備知識を、かなりうろんなものに思っていたにもかかわらず、私は失望した。知的だというビナイの片眼のまわりには、チョコレート色の肌にインキで輪を描いたような入れ墨があったのである。ウシは文字通り暗闇から曳いてきた牛のように、のっそりしていた。

ああ、これが独身青年か！

それにしても、彼らが引率してきた連中の数の多いのには驚かされた。

「ウニャットが間もなく休暇をとるのでね、通訳も入れ代るのよ。今度の通訳は二人いて、それで一人前やからややこしい」

「その他に、ぞろぞろやって来ているじゃないの」

「あれはポリスの滞在中の食糧を担いできたのよ。彼らの使う灯火用の石油（ケロシン）も、米も、野菜も。生意気に使用人（ハウスクック）まで違うの連れて来たんやからねえ」

「使用人の給料は政府が支払うの？」

「違いますよ。ポリスが自分で払うんですよ」

「あなたのテアテアみたいに現物給与？」

「違う。オクサプミンはもう貨幣経済の時代を迎えているからね、ドルで払ってるんよ」

「ポリスの給料はどのくらいなの？」

「六十ドルぐらいの月給らしい。ヨリアピに来ると特別の手当てがつくから百ドルにはなってるかなあ。それでも食糧は飛行機で運ぶ米や肉の缶詰やからね、物価が高いんで何も残らんと連中はぼやいているわ。ほんまに何を買うてもウイワックの倍になるんよ、フライト（飛行）にかかるからねえ」

バガノとオブリシンの前で、ウシとビナイの二人を見ると、なるほど彼らは若いということが分った。熱帯は齢をとるのが早いのだろうか。早く脱出しないことには、浦島太郎のように私も腰が曲ってしまうのではないかと急に心配になった。

ウシはパプア地区出身で、英語がかなり分るらしかった。四人のポリスと私たち二人で交歓しあったとき、ビナイたちはもう帰ってきたオクサプミンから情報を手に入れていて、私がバーガラップした（こわれた）ことも、赤ん坊のような歩き方だったことも知っていて、聞いた通りにヨタヨタと歩いて見せ、大笑いになった。

「彼女のいた東京には山も坂もないし、たいがい自動車や電車があるのだから、歩いた経験がなかったのだ」

と畑中さんは彼らに説明し、日本がいかに文明国であるか幾分得意そうに話し出した。東京にいるときは、空気が穢い、騒音で頭がおかしくなるとぶうぶう言っていたのに、東京のデパートにあんたたちを一度招待したいものだと畑中さんは胸を張って自慢しているのである。

ポリスたちも感心して聞いていて、ウシは自分の腕時計が日本製であると言い出し、

「日本は素晴しい文明国だ」といった。

バガノも肯いて、

「日本の音楽も素晴しい。聞いていると心がワクワクしてくる」

と言って、メロディを口ずさんだが、私たちは聞いたこともない曲であった。

ビナイはニューギニア地区の海岸に近い小さな町で生れたために、幼いころ、日本軍を見たし、そのころ覚えた日本語も少し覚えていると言い出した。

「どんな言葉か言ってごらん」

ビナイは、ちょっと恥ずかしそうに私を見たが、畑中さんが言え、言え、と怒鳴るので、到頭（とうとう）、思いきって口に出した。

「オイ、コラ」

「なるほどね、それから？」

今度は大声で、ビナイが叫んだ。

「ヒコーキダッ。ニゲロッ」

畑中さんが苦笑いしながら、私の方を振向いて言った。

「負け戦（いくさ）のときやったんやなあ。もうこの話はやめとこう」

そこで私が話題を変えるために、畑中さんも私と同じ日本人なのに、あの山を楽々と越えたのだから本当に驚いたと言った。すると四人のポリスは揃って重々しく肯き、まったくミセズは強いと答えた。

バガノが一番はしゃいでいて、畑中さんはまるで、

「メリー・パプア」

だと言う。

メリーというのは女という意味のピジン（語）である。パプアの女は男以上によく働くのだそうだ。

それなら私は何かと聞いたら、ビナイが、

「メリー・セピック」

だと言った。

ヨリアピはニューギニア地区の西セピック地方と呼ばれる中にある。四人のポリスは一斉に声をあげて笑い出したが、私には意味が分らない。畑中さんに訊いても、分らないと言う。ともかく、セピックの女は豚三匹で交換されるのだから、褒められたわけではないのだろう。

何が知的で誠実だと、私は腹が立ったが、私のピジンではまだ何を言い返すこともできない。

13

もの言わぬは腹ふくるるわざと昔の人は言ったようだが、人一倍お喋りな私が、ヨリアピでは畑中さんに圧倒されて、あんまり口をきかなかった。にもかかわらず、おなかがすく。日中が暑いので消耗が激しいのかもしれない。それに小説を書くという不健康な生活からずっと遠ざかっていたので、足の指を除けば私は日本にいるときより至極躰の調子はよかった。

健康を取戻した上に、やる仕事がない。単調で貧しい食生活にすぐ飽きた私は、考えることといえば朝は昼食は何にしようかということであり、昼は夜は何を食べようかと思うことになった。しかし乾パンとコンビーフとトマトしか材料がないのでは、どう知恵を絞っても思いつく料理の数は知れている。それで、それ以外の材料をなんとか手に入れる方法はないかということになった。

「シシミンはサツマイモの他に何を食べているの？」

「鳥と野豚やな。釣りの習慣がないからね、それと蛇や」

「鳥は、なんていう鳥？」

「犀鳥と鸚鵡」

「それを取らせてくれない？」

「あんまりおいしいことないわよ」

「それでも歯応えのあるものが食べたくなってきたわ」

「ほんまにそうやな」


缶詰の肉類は、舌の先でも潰れてしまう。ニューヨークで、ちょっと粗末な食べもの屋に入ると、噛んでも噛んでも噛みきれないビフテキなどというものがあったのを、私は懐しく思い出していた。畑中さんも同感だったらしく、早速ポリスや通訳やシシミンたちに、豚と鳥を獲ってくるように命じた。


「蛇もね」

「あんた、あんなもんまだ食べる気があるんか。呆れたな」

「でも広東料理に竜虎大会という名の高級なスープがあるの。材料は蛇と猫よ。腕次第で食べられるものが作れるんじゃないかしら」

「あんたの腕でか？」


畑中さんは、私をからかいながらも、やはりポリスたちには胸を張って、蛇を見つけて来い、ビッグペラ・ミセズの御所望であるぞと、おごそかに言い渡した。

「シシミンたちは木の葉や木の実は食べないの?」

「それやねん、あんたの足が癒ったら、一緒に採集に行こうと思ってたんよ。行こう、な?」

私はそれはそのときになったら願い下げにするつもりだったが、翌日になって畑中さんは出掛けると言い出し、私は狼狽しながらも必死になって私の足はまだ駄目だ、山歩きには無理だと主張して一歩も退かなかった。

「そのくらいの爪で、なにやのん? 歩いてしまえば、バクッと剝がれて却ってええ気持になりますよ、さあ、行こう」

「行かない」

「あんた、それでも作家か。好奇心というものも起こらんのか。さあ、行こう。支度しなさい」

「今日はどうしても駄目だわ。体力も気力もないのよ。それに私は、歯を喰いしばってもやらなければならないことには頑張るけれども、どうでもいいと思うことは、まったくどうでもいいと思ってるから。木の葉や木の実なんて、あなたにとっては研究調査の対象でしょう? だけど私は熱帯植物に特別の関心もないし、食べてみたいと言ったって、食べなきゃ死んじまうという絶対必要のものじゃないでしょ。私は、どうでもいいことと、そうでないことははっきり区別しているのでね、どうでもいいことは、本当にどうでもいいのよ」

「ふうん、そんな考え方、私は軽蔑するわ」

畑中さんは捨て台詞（ぜりふ）を残し、テアテアたちシシミンを引連れて出かけてしまったが、私は軽蔑されたって少しも傷ついていなかった。私は小説を書くことと自分の子供に関することだけは、妥協もしないし、どんな難関に来ても歯を喰いしばって耐えてきたし、これからもそうする覚悟である。しかし、ジャングルの中をまた這（は）いまわって木の葉や木の実を取り、足の爪が剝げ落ちて、ひどい目にあったからといって、私がこんな馬鹿馬鹿しいところを舞台に小説を書くことなどあり得ないのだし、ジャングルで頑張ったからといって小説がうまくなるわけでもない。私が急な坂を這い上がり、滑り落ちたからといって、その分、東京にいる私の子供がいよいよ身体強健になるという筈もなかった。それだったら、私がまた木の根と格闘したり、毒キノコから飛びのいたり、泥の中をずっこけたりする必要は何もないではないか。

しかし畑中さんの出かけた後で、私は何か一つでも畑中さんのためにしてあげられることはないものだろうかと考え続けた。思いがけず長居をすることになってしまったのだし、畑中さんの仕事の邪魔になっているのは確実なのだから、それに煮炊きも満足にできない非家庭的な女として、手伝うことが何もないというのは全く悲しかった。

そこで、ふと思いついたのが、パンツを縫うことであった。ネイティブにとって、衣食住に関する最初の文明との出会いが、草の葉や瓢簞(ひょうたん)からズボンに移ることだというのは、オクサプミンとシシミンを比較したとき一番明確に分ることである。畑中さんはウイワックで半ズボンを二つ買ったが、それは一つはテアテアにはかせ、一つはマシュウという彼女に一番好意的なシシミンに与え、その代り彼らにさまざまな仕事をさせていた。物々交換でシシミンが喜ぶものは、マッチ、石鹼、剃刀(かみそり)の刃であったが、それ以上にズボンは値打ちものなのであった。もちろんウイワックで買ったって、値段はマッチや石鹼とは桁(けた)が違う(とはいっても、一つが一ドルぐらいの安いものだったが)。

私は畑中さんが、ズボンを買うドルを惜しんで、いつか自分で縫うつもりで、安い木綿の布を買いこんでいるのを知っていた。ゴムテープもたくさん買ってあった。そうだ、あれで私はパンツを縫うことにしよう。

私は部屋の隅から古新聞を引張り出し(新聞紙はネイティブたちが煙草を巻くのに使うので、随分よくねだりに来ていた)、何十年も昔に小学校で習ったパンツの型紙を作り始めた。大昔の記憶の糸を手繰(たぐ)り寄せながら作るのだから、それに学校で習ったのは女性用だったから、随分幾度も頭をひねったが、ともかく考えに考えた揚げ句、製図は完了して鋏(はさみ)を入れ、切り終ったところへ畑中さんが帰ってきた。

「あんた行かいでよかったよ。もの凄い繁みの中に入ったからね、私でさえ大分くたびれた」

そんなことを言いながら、テアテアに抱えさせている木の葉を床に置かせ、木の実を横に並べて、もうフィールドノートと見較べながら標本見本を作るために、私が引張り出してあった新聞紙を展げて次々と葉を置き、紙を重ね、また葉を置いて、その上に本を何冊も運んで来て重しをかけた。

「それをどうするの？」

「ラエ市にある植物園に送って学名を調べてもらうのよ。あんた帰るとき、持って行ってくれへん？」

「いいわよ、喜んで」

それにしても、そんなものを、シシミンたちはどうやって食べるのだろうかと私は呆気にとられていた。ヤツデの葉のように大きくて、ガサガサしているものがある。椿の葉のように葉肉が見るから堅そうな、どこから見ても食用になるとは思えない木の葉ばかりだったからである。

日本では昔から野趣を好み、山菜を食べる風流を好むのが近頃の都会人の流行になっている傾向があるが、ネイティブの食べる木の葉についてワラビやゼンマイ、それに野ビルや芹など、ああいうものを想像してもらっては困る。日本では子供だって柏餅を葉っぱのままで食べることはしないだろう。イチジクの葉や、樫（かし）の葉に似た、およそ風流とは縁遠いものを、いったいどうやってシシミンは食べるのだろう。

　私の疑問に、

「うん、木の芽のうちの柔らかいのを食べるんやないかと思うんよ。それと蒸し焼きにするらしい。もっとよう調べてからやないと結論は出せんけどね」

　と学者らしい慎重な返事だった。

「ああ、あんたを喜ばせたげようと思うて、チューリップは仰山（ぎょうさん）摘ませてきた」

「チューリップ？」

「花の咲く草と違うのよ。ヨリアピは花も果物もないところやからね。チューリップというのはピジン（語）で、私がここへきたときキャプたちが、乾パンとコンビーフではビタミンが足りないから、それを食べろと教えてくれたの。木の葉やけど白人が食べてるんやから、私らも食べられると思うわ」

　それは大きさからいえば柏の葉より一回り大きいが、若葉であるらしく、桜餅を包む葉に似た柔らかそうな青葉で、表面は桜の葉より艶がある。その代り中央の葉脈だけがひどく堅そうだった。私は早速チューリップの葉を洗い、ナイフを持って、サヤインゲンの筋を取るように葉の筋を一枚ずつ切りとってから、水を煮たてた中に放りこんだ。

五分ほどして鍋の中を見て、私は驚いた。よほどアクが強いらしく、湯の色が濃緑色になっているばかりか、鍋の縁まで絵具が沸とうしたように緑色に染まっている。これは大変だと思って、刻んだ葉をとって噛んでみたが、生野菜よりずっと堅い。そこで茹でこぼして水を変え、もう一度とろ火にかけた。ほうれん草ぐらいに柔らかく煮てから、バタ炒めにしてみようと思ったのである。

夕食のテーブルには、いつもと違うメニューの一皿が、中央に置かれた。私は好奇心のかたまりで、チューリップの味もさることながら、畑中さんの感想を聞きたかった。料理法が間違っていると怒鳴られるのは覚悟の前である。

畑中さんは、おもむろにフォークでチューリップのバタ炒めをすくいとり、口に運び、それきり手を出さずに、乾パンとコンビーフを食べながら、今日の強行軍の話ばかりしている。

私がチューリップを食べた上での感想はといえば、まずいの一口に終った。あんなに煮たのに堅くて、バタ炒めしたのにカサカサしたところがあり、匂いは青臭く、風味などというものはなかった。強いて言えば、ジャングルの味とでも言うべきだったろうか。要するに有害ではないというだけで、とても食用に供する植物ではない。

テアテアが黙って傍に立っていたので、このチューリップがほしいかと聞くと、ほしいと答えたので、さっさと彼にやってしまった。翌日、彼に味はどうだったかと訊くと、おいしかったと答え、私はやっと私の労働が少しは無意味でもなかったのだという満足感を取戻した。

さて、私のパンツの型紙は、翌日になって畑中さんの発見するところとなった。彼女は大いに驚き、

「あんた、そんなこと、何処で習うたん？」

「小学校のときじゃない？　お裁縫の一番始めころ習ったでしょ、あなたも」

「ふうん」

畑中さんはしげしげと型紙を眺めてから、感心したように褒めてくれた。

「あんた記憶力もの凄ういいんやなあ。学者になっても、いけたかもしれんわよ。作家にしとくの惜しいわ」

畑中さんが心中で小説書きなどという人類に貢献するところのない仕事を、まったく認めていないことは前々から知っていたが、パンツの型紙で作家以上の能力があると褒めてもらえようとは思いもよらなかった。

畑中さんがラエ市の植物園あてに手紙を書くタイプの音を聞きながら、私は早速布を展げての裁断にかかり、返し針で縫い始めた。裁縫などというものは得手ではなかったし、第一自分で針を持ったのは十何年ぶりのことだったが、どうせ丁寧な縫い方など出来る性格ではないので、どんどんパンツの形がついてきて、その日のうちに縫

い上がり、ゴム紐を通すと私は自分でも思わず、

「出来たわ」

と喚声をあげたくなった。

畑中さんは大層喜んでくれて、

「ほんまや、パンツの格好になっているわ。あんた、天才やな。ほんまに記憶力あるわ。このパンツ一枚で、私はどのくらい助かるか分らんわ、ありがとう。シシミンは衣類一番喜ぶんよ。誰にやろうかしらん、よう働いてくれるのにやって、もっと働いてもらうには誰がええか。うん」

畑中さんは、私がジャングルの中で気絶したとき、先にヨリアピに戻ってきた畑中さんの頼みをきき、直ちに人々をシングアウト（奇声）して私を担ぐのに一番功労のあったシシミンの名をあげたが、私にはそれが誰か、よく分らなかった。あのときは本当に伸びてしまっていて、シシミンの人相も何も見分ける余裕がなかったのである。

「彼に、あげよう。な、それがええわ」

畑中さんは早速テアテアを呼んで、そのシシミンを連れてくるように命じてから、なおも感心してパンツのゴム紐をひろげてみたり、裏返してみたりしていたが、ふと顔を上げて、まじめな顔で訊いた。

「これ、はけるやろか」

私はそれで突然、不安に襲われた。ロカ器の前例がある。

「あんた、はいてみた？」

「ううん」

「ちょっとはいてみてよ。彼は、あんたぐらいの背格好やから」

そこで私は幾分情けない思いをしながら、恥ずかしい思いもしながら、はいてみて、大丈夫であることを確認した。

まだ日の落ちないうちに、呼ばれた男はやってきた。前に青い歯朶の葉を数枚かためてぶら下げていた。彼もちょっと恥ずかしがったが、畑中さんに命令されて目の前ではき、歯朶の葉は取りはずした。

「大成功やわ。有吉さん。出来たら、もう少し縫っといてくれへん？」

畑中さんが喜んでいる顔を見て、私は心の底から嬉しくなっていた。ようやく私は私にもヨリアピでの存在価値ができたことを発見したからである。

14

私にとって多少意義のある生活が翌日から始った。早朝、眼がさめる。豪雨かとその度に思うのだが、それはオム川の激流の音であった。そうだ、ここはニューギニアだと思い、飛び起き、洗面、朝食をとってから、布と型紙を展げてパンツの裁断にとりかかる。

畑中さんは、その日によって外へ出たり、家にシシミンと通訳を呼びこんで言語や習慣を聴取している。ノートをとる。タイプを打つ。ときどき通訳を怒鳴りつけるが、通訳も私も、そういうことにはすぐ慣れてしまった。怒鳴ったあとは、気が晴れるのか畑中さんは大層朗らかになるのだから有りがたい。

昼近くなると、フィアウが、のっそりと入ってくる。いつでも例のオーストラリア陸軍の制帽をかぶっているのだからおかしい。ボロボロのシャツを着ているときもあり、全裸で皮膚病に掩われた全身に赭土を塗りたくっているときもある。穢いことでも、シシミンの中では群を抜いていた。前にはいつでも青い草を束ねてぶら下げている。

「フィナーニ・ロイヤーネ」

挨拶をしてから、畑中さんは大声で家の外にシングアウト（奇声）をし、通訳を呼んでから、

「このオッサンよう来るねえ。前は呼びにやってもなかなか来なかったんよ。あんたに気ィあるんと違うんかしらん」

「気味の悪いことを言わないでよ」

「それでも、あんたを見るときの彼の眼つきは、いかにも女を眺めまわすようで、いつもとは違うよ。今に豚持ってきて換えてくれと言い出すかしれん」

「いやだわ」

「あんたはカサがあるから、豚三匹では足りんな。五匹でどうやと掛合うて、私はここで養豚業をやることにしようかしらん」

「もうやめてよ、そんな話」

「それでも彼はヨリアピの、いわば大統領やで。日本人の第三夫人というの、どこかであったやないか」

こんな山奥にいる学者が案外下情に通じているのは可笑（おか）しかったが、私は笑うどころではなかった。フィアウが私を見るときの眼つきは、まるで中年男が女の全身を舐（な）

めまわすときのような嫌らしさがあったのは本当だった。かねがねそれに辟易していたのに、畑中さんにからかわれてみると、まさか本気で豚とバーターされてしまうとは思わなかったが、それにしても先行きの程が怖ろしい。

通訳が来て、畑中さんがノートを片手に質問を投げかけ、フィアウからありとあらゆる知識や習慣の採取にかかると、私は寝椅子をそうっと彼らの眼にふれないところへ引張って行って、そこで裁縫を続けていた。

「有吉さん、どこにいるの？」

「ここ」

「手伝ってよ。マイク持っててほしいわ」

通訳もフィアウもすぐ仕事に飽きてしまったので、気分を変えるために畑中さんは彼らのシンシン（唄、踊り、お祭騒ぎも含める）をテープレコーダーに吹込ませようとしているところだった。

戦闘開始にあたって出陣するときの唄。勝ちどきをあげるときのシンシン。仲のいい種族に声をかけるときの唄。満月の夜、踊り狂うときの唄。通訳も一緒になって、フィアウと掛合いで唄い出し、そのうちにフィアウが立上がって踊り出した。それは唄とも踊りとも思えない単調そのものであったが、日本の山奥に伝えられている古い古い民謡を年寄りが唄うときの奇妙な合の手や発声、哀調には共通するものが幽かながらあるような気がした。

マイクを持っている私の役目は、なるべくフィアウの口とマイクの間隔を等距離に保っている必要がある。彼が右を向けば私は忙しく彼の右へ回り、彼が左へ向きを変えれば、私もマイクを左へ突出さなければならない。彼が立上がって踊り出したときは、私も立上がり、彼のまわりをうろうろし、これは思いもかけない重労働になった。おまけに彼は、ときどきちらちらと私を眺めて、意味ありげな瞬(まばた)きなどをするのである。私は閉口した。

畑中さんは坐ったまま片方の耳にモニターのコードを差込んで、吹込みの調子を見ていて、私がちょっとでもフィアウから離れると、声は出さないが怖い顔をして睨(にら)みつける。私としては災難みたいなものだった。

フィアウも通訳も唄い飽きたとき、

「再生して驚かしてあげようか」

と、畑中さんは笑いながらテープを巻戻し、やがてスイッチを押して彼らのシンシンを放送し始めた。

二人の唄声が流れ出ると、フィアウも通訳も一瞬全身が釘付けになってしまった。よほど驚いたのだろう。が、間もなく二人とも浮かれ出した。立上がって、ステップを踏み始めた。足を後ろに蹴り上げるような格好だったが、リズムはある。私もちょ

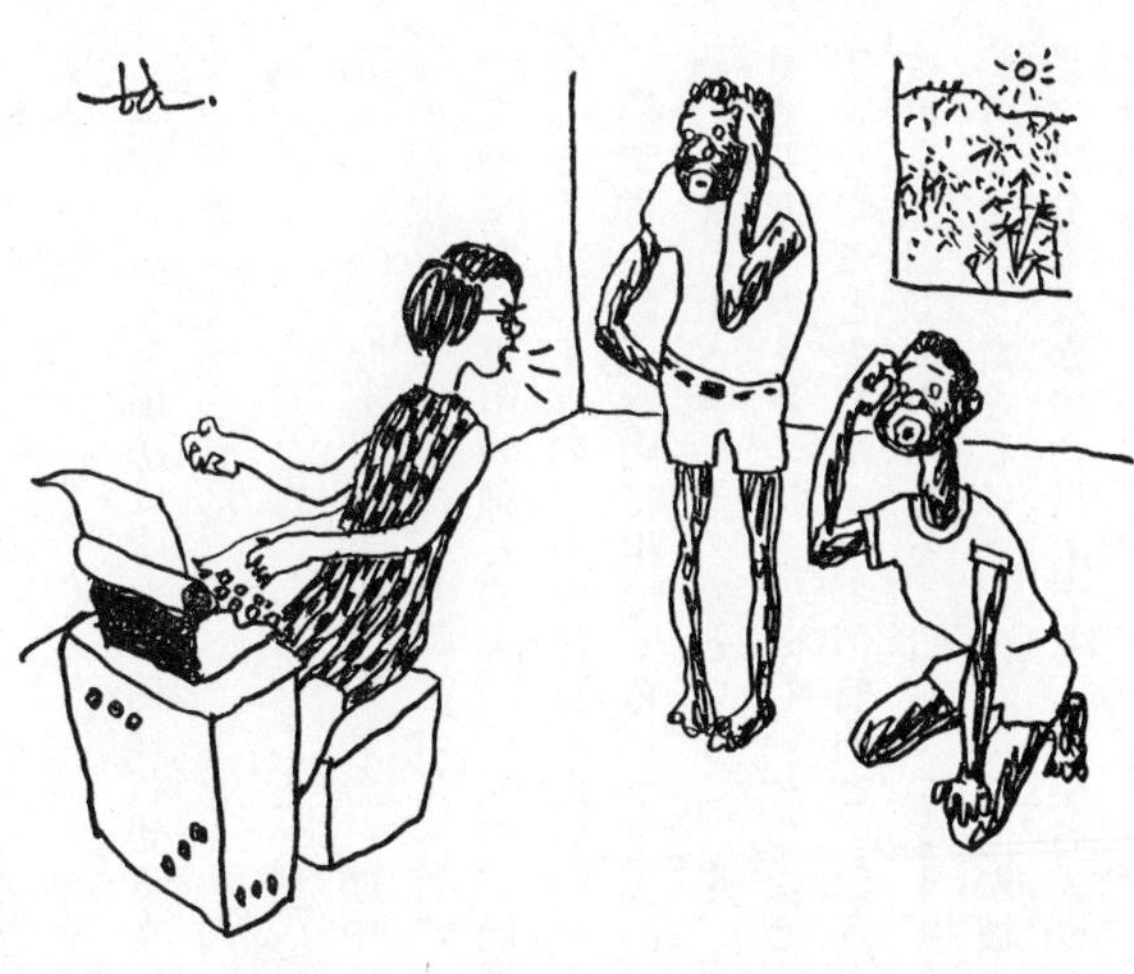

っと楽しくなってきたが、もし一緒に踊って、万一のことがあったら大変だと思って眺めるだけにした。東京へ帰った今になってみれば、ちょっと惜しいことをしたと思う。この齢して、男に見染められるなんて、たとえ相手がネイティブでも、酋長なんだから格は上だし、喜んでいいところだったのに、あのときはもうただ本気で怖がっていたのだから、われながら可笑しい。

浮かれ浮かれて二人が出て行ってしまったあとで、

「まったく暢気なものや」

と畑中さんも笑っていた。

「シシミンは、いつお祭のようなことをするの？」

「だいたい満月の夜やね。盛大なシンシ

ンは近々あるらしいけど、ここから一カ月ほど歩いた向うの方やから、ちょっと出かけにくい」

　畑中さんでも出かけるのを見合わせるくらいなのだから、私が誘われる心配はまずないと思って安心した。

「一昨年（一九六六年）私がチンブにいたとき見たシンシンは素晴しかった。あれはあんたにも一度是非見せときたいわ。顔中に泥塗って、赤や青に隈どるの。頭に極楽鳥の羽根を飾りたてて、鼻にも耳にも首にも、ありとある宝もので飾ってね、弓矢持って輪になって唄い踊るのよ。一晩中、幾日も幾日も続くの。みんな酔ったように夢中になってしまうの。あれは見せたい」

　絵葉書や観光案内に出てくるパプア人の風俗は、つまりシンシン（sing sing：）のための正装したときのものだということを、私はこれで知ったわけだが、それにしてもそうしたニューギニアの素晴しい行事などを細かく話し出すときの畑中さんの様子は、実際ただごとでなかった。情熱的といおうか、夢中でというべきか、陶酔し、しかも次第に早口で大声になる。日本でニューギニアのことを話すときも、そういえばこういう具合だったと私は思い出した。何が彼女をこうまで熱狂的にかりたてているのか私には分らなかったけれども、畑中さんがニューギニアにとり憑かれているということは明らかだった。「憑く」というのは、これだな、と私は感動した。この人が学者として、どの程度に偉いのか、私は門外漢だからよく分らないけれども、畑中さんがこの状態で、これから三年もこのもの凄いところを調査し、彼女の気のすむまで研究した上での成果は、それこそ凄いものになるに違いないと私は確信せずにはいられなかった。

「あんた」

考えこんでいる私に、畑中さんはもう平素の表情に戻って話題を変えた。

「うん？」

「マナママにも一枚パンツを縫うてやってくれへん？」

マナママというのは、いつの頃からかテアテアの小屋に棲みついていて、テアテアの家来のように近頃はいつも一緒にいる小さな子供の名前である。身長は日本の子供の五、六歳というところだが、畑中さんの話では、八歳か九歳ぐらいの筈だという。子供だから、これは文字通りの全裸で、ちょろちょろテアテアの後について歩くのは可愛かったが、ともかく男の子なのだから、何かはかせてやりたくなるのは人情というものだ。

私はマナママを呼びよせて、腰や太腿の寸法をはかった。シシミンの特徴で眼が大きく、睫毛がくるりと上へはね上がっている。

型紙を作り、裁断し、縫い始めると、小さいからその分、早く仕立上がった。また呼びよせてはかせてやったら、畑中さんが何事か言いきかせている。

「何を言っているの？」

「このパンツはマナマのものやから、自分のものは他の大人が何を言っても、決してやったらいかんと言いきかせたんや」

「未開民族に、あなたは個人主義を吹込んだわけね」

「まったくやな、自分のものと他人のものとの区別はあまり必要のない生活をしているからねぇ」

それから二、三日、ぱったりフィアウが来なくなってしまった。私に豚三匹の値打ちを認めなかったのか、あんまり畑中さんの質問攻めにあうので面倒くさくなってしまったのか、多分その両方の理由からだろうが、負惜しみでなく、私は本当にほっとしていた。未開人の発想の原拠とするところのものは、まだ畑中さんにさえあまりよく分っていないのだ。まして考えと行動がいつ如何なる具合に結びつくかということになると、さっぱり見当のつかないところに私は来ているのである。憎まれるのも怖ろしいが、愛されたって結果はやはり怖い。愛憎不二とはこのことだ。

フィアウが来ないとなると、畑中さんはすぐ別の行動を計画した。

「あんたパンツばっかり縫ってんと、シシミンの生活を少しは見に行きなさいよ」

「ここにいたって充分面白いわよ」

「そんなことでは日本へ帰ったかてニューギニア見てきたと言えませんよ」

「言えますよ、あの山を越した話だけで皆がひっくり返ってびっくりするわ」

「なあ、行こうよ、パトロールに。これがニューギニアというところを見せてあげるわ。本当に来てよかったと思うから」

「私はねえ畑中さん、ニューギニアってものにはもう堪能しているわ。これ以上、何も感激する必要はないのよ」

畑中さんのいうパトロールというのは、最小限に見積っても五日や六日はブッシュの中を歩きまわることなのである。シシミンは狩猟族なので、集落というものを持たないから、どこからどこまでが彼らの守備範囲なのか見当がつけにくい。畑中さんは、それを調査したいのだ。それに私を同行させようというわけである。しかし私はもう決して歩きたくないし、行けば畑中さんの足手まといになって迷惑をかけることは必至なのだ。どうすすめてくれても行くわけにはいかない。

「私は留守番をしてるから、あなたどうぞ御自由に出かけて頂だい」

「そんなわけにはいかん、心配や」

と畑中さんは言う。

「何が心配なの」

「私はポリス一人と通訳つれてテアテアも一緒に出かけてしまう。ほな、残るのはあんたとポリス一人だけや」

「それがどうしたの」

「私の出かけた留守に、あんたに万一のことがあったら大変やからね」

「万一のことってどういうことよ」

「シシミンが、あんたを襲うかしれん」

「まさか」

「いや分りませんよ。彼らは石鹼やマッチがほしいからね。ここの貯蔵室の中にあるのを盗る気になれば、人殺しの方は簡単にやってのける。ポリス一人では防ぎきれん」

「そんなことになれば、ポリスの数に関係がないんじゃないの」

「その通りや。それに、急病にでもなったら大変やからね。看病する者のないところで寝込んでごらん、えらいことやで」

そういうわけで、畑中さんは私が一緒に出かけない限りは、自分一人でパトロールに出るわけにはいかないと言うのである。ここに至って私も腕を組んで考えてみたが、ついて行っても迷惑、ついて行かなくても迷惑ということであれば、これはついて行かない方がともかく私も無事だし、畑中さんも無駄足を踏まずにすむ。一週間もブッシュの中をパトロールするには、全員の食糧を担がせるカルゴボーイを必要とするし、毎晩あんなキャンプの中で眠ることになるのだと思うと、それだけで私は鳥肌だってくる。マサカリで切り刻まれたキャプの例があるではないか。

「あなたに迷惑をかけていて本当にすまないと思っているのよ、畑中さん。足さえ癒れば帰るから、勘弁してね」

私は遂に辞を低くして、彼女の許しを乞うた。どうしてもパトロールに出かけるのは、私には無理だ。畑中さんがやりたい調査もやれなくて苛々しているのが分るだけに、辛いところだったが、こちらは体力の限界というものを思い知ったばかりだから、無理も下手な頑張りも後の仇になると思い、断ったのである。

「ほんまに弱虫やな。アカンツやな。そんなことで、どうするんや。なんのためにニューギニアの奥地まで出かけてきたんや」

案の定、畑中さんにはどづかれたが、私はなんのためでもなくニューギニアへ出かけてきて、あれよあれよという間にこんな奥地へ踏みこんでしまい、帰るに帰れなくなっているのだ。ここまで来たことだって私にとっては驚天動地に等しい出来事なのだ。

私は再び針をとってパンツを縫い続けながら、たった今の畑中さんとの対話を思い出してしばらくくすくす笑っていた。

私を一人で置いておくのは危険だ、心配だと畑中さんは言ったが、私が帰った後の畑中さんは、たった一人でこんなところにいるとなれば、同じ条件に取囲まれるというわけではないか。私がシシミンに襲われる心配はあっても、畑中さんなら、ないというのか。私が急病になった場合を畑中さんは想定したが、それならば畑中さんは一人になったとき、決して病気にはならないというのか。

これは笑いごとではない。

私はしばらく慄然(りつぜん)としていたが、不吉な考えを払うつもりで立上がり、窓から外を眺めると、畑中さんは二人のポリスと二人の通訳を並べて、何事か大声で勢いよくまくしたてていた。あの人は決して病気にはならないだろう。あの人は決して死ぬようなことはない。私は、やがて確信していた。

15

「ねえ、有吉さん」

日を経て、また畑中さんが言い出した。

「一番近いところにあるシシミンの家だけでも見に行かない？」

「一番近いところ？」

「うん、じきそこや。シシミンの家一つ覗(のぞ)いても見ずに日本へ帰ったんでは、あんた作家とは言えんよ」

この際、そんなことはどうでもよかったが、一番近く、じきそこにあるというのなら一軒ぐらいは話の種に見ておこうか、と私は考えた。畑中さんは袖なしのブラウスに半ズボン姿で、素足にゴム草履という軽装で、そのまま出かけるのだという。

「だってあんた、すぐそこやもの」

そこで私は半袖のブラウスに、長いスラックスをはき、左の足の指にガーゼを巻いてから、そっと運動靴をはいてみた。思ったより痛くない。この分なら少々の散歩はできるだろう。そろそろ足ならしでもしないことには、帰りはまたあの険しい山坂をよじ登ったり、転がり落ちたりすることになるのだ。

「さ、行こう」

畑中さんは肩にカメラ一つぶらさげ、腰にフィールドノートを突っこんで、歩き出した。お伴はライフルを肩にしたウシと、テアテアの家来のマナマと、シシミンの三人。

「テアテアはどうしたの」

「歩くの嫌やと言うんや」

「ええ？　どうして？」

「なんや知らんけどね、この頃の彼、ちょっとおかしいわ」

畑中御殿はジャングルをかなり切り拓いたところに建てられていたが、そこから少し坂を上ったところに大草原が展がっていた。セスナで飛んでいたときに見下したら、ゴルフコースのグリーンに見えた鮮やかな緑である。そこで私は手入れの行届いた芝生を連想していたのだが、現実の草原というのは、まあ想像を絶するとんでもないものであった。畑中さんが先頭に立って、草を両手で掻き分けながら歩いて行く。シシミンが一人、マナマ、そして私の後にウシという順序で続くわけだが、草原の草の高さは二メートルぐらいあるのだ。たちまちにして誰の姿も見えなくなってしまった。

「畑中さーん」

「どうしたん？」

「あなたが見えないから心細いわ」

「阿呆かいな。道の通りに歩いてきなさい。大丈夫よ」

道と言われて足下を見ると、なるほど幅十五センチぐらいの黒土が見えていて、それはシシミンたちが踏みならした道なのだろう。両側の草を掻き分けながら、私は黒い筋を辿るように眼で追って歩き続けた。

それにしても、なんというものすごい草だろう。ススキみたいな変哲のない葉っぱだが、勢いよく天に向って伸びている青さには、ニューギニアの大自然に似合う猛々しさがあった。

「畑中さーん」

背高ノッポの私が伸び上がっても、先へ行く人の姿が見えない。

「こっちゃァ。早うおいで」

「ちょっと待っててェ。お願いィ」

私は心細くなったので、泳ぐように草原を掻き分けながら息を弾ませていると、待っていた畑中さんは馬鹿馬鹿しいという顔で、もう不機嫌である。

「ウシが付いているんやからね、こんな道のあるところで迷い児になることなんか、ありませんよ」

しかし万一迷い児になったら、どうなるというのだ。人間より背の高い草が一面に生い繁っていて、草を掻き分ける音だって聞こえて来ないのだ。

「この草は、何なのかしら」

「さあ、あんた興味があるんやったら持って帰って植物学者に訊いたらええわ」

「どんな花が咲く？」

「花なんか見たことない」

「これが全部、稲だったら凄いわね」

「阿呆らしい」

畑中さんは振向きもせずに、どんどん行ってしまう。振返るとウシがのっそりとついて来る。パプア地区出身の彼は英語が分るので私は愚痴をこぼした。ナンバーワン・ミセズは怒るけれど、私は東京でもあまり歩かないものだからね、こんな草の中でも疲れてしまうのよ。

ウシが重々しく肯いて言う。

「東京には自動車も飛行機もあるのだろう。なんでも機械で動くのだろう。私は知ってますよ、ビッグペラ・ミセズ。あなたがブッシュの中で疲れるのは当然です。私たちが休暇で町へ帰ってから、こういうブッシュに戻ってくると、やっぱり疲れますからねぇ」

この話を後になって畑中さんにしたら、彼女は朗らかに笑ってから言ったものだ。

「東京やったらスキーや山登りしてきたの自慢話になるように、ニューギニアでは歩けんようになったというのがエリートたちの自慢なんよ。まあウシでもそんなことを言うたん？　おかしいわねぇ」

草原を掻き分けて一時間歩いたら、畑中さんが明るいところで腰に手を当てて待っていて、

「ちょっと私の畑を見て行けへん？」

と、どうも見せたいらしいのだ。

それは野豚を防ぐために木を組んで柵を建てめぐらした広大な甘藷畑だった。イモヅルが一面にはびこり葉を繁らせている。終戦後の女学校で、授業代りにイモ掘り作業ばかりやらされていた頃のことを私は思い出していた。

「これ、まさかあなたが開墾したんじゃないでしょうね」

「うん、私は監督してただけ。シシミンたちにやらせたのよ。開墾というても、彼らは土を耕やさないの、棒で地面を突いて穴をあけて、そこへイモヅルを植えるだけ。それでもいつの間にか、これだけになってるんやから、えらいものや。あんた、もうちょっと長居したら、毎日でもニューギニア産のサツマイモ食べられるようになるわ

よ」

　そうなるまでに、なんとかして帰りたいものだと私は思った。

　イモ畑の中を突切ってから、またジャングルがはじまった。そこで私は立止った。

「畑中さん、シシミンの家は何処にあるの？」

「じき、そこやがな」

「私はここで待ってるわ」

「なんで？」

「もう一時間半も歩いたのよ。帰りのことを思ったら、私の体力の限界をまた越えてしまうわ。待っているから、あなたたち行って頂だい」

私が堅い決意を露わにしているので、流石の畑中さんも当惑したらしい。

「ほんまにじきそこなんやけどね」

「行かない。待ってる」

「こんなとこへ、あんた一人置いとかれへんがな」

「マナマと二人で待ってるわよ。大丈夫だから行って頂だい」

「そうはいかん。あんな子供では、なんの役にも立たん」

「ともかく行って頂だい。あなたは必要があって行くのだから。私はどうでもいいことなんだから」

「ほな、私もやめとくわ」

「え？」

「一緒に帰ろう。その前にサツマイモでも掘ってみようか。まだ小さいやろけども」

「ちょ、ちょっと待ってよ畑中さん」

畑中さんが、あんまりあっさりと翻意してしまったので、私の方が今度は面くらった。ここまで一時間半も歩いてきて、何もせずに帰るというのでは、それでは何のために出てきたのか、まるきり無駄というものではないか。それに散歩が高じてイモ掘りになるというのも私は願い下げたかった。草原の中をさまよっていたときは気がつかなかったが、今は午後の暑熱の盛りで、ジャングルに入れば陽光は遮られて涼しくなるが、炎天下にサツマイモを素手で掘らされるのと、どちらを選ぶべきか。

今度は私が翻意する番だった。

「行くわ。せっかく此処まで来たのだから」

畑中さんは、光るようにニッコリ笑った。

「そうか、行くか。ほな、行こう」

勇躍してジャングルへ突込んで行ってしまった畑中さんをしばらく見送ってから、私は溜息を吐き、あきらめて歩き出した。

ああ、ジャングル。そこには熱帯樹の怪しげな木の根がのたくりまわり、散り敷かれた木の葉の下の土は湿めり、あたりは薄暗く、得体の知れない生物が、蔓草となったり、キノコとなったり、山蛭となって奥深く棲息している。オクサプミンから来た道を思えば、はるかに楽な行程だったが、途中で沼があったり、立ち腐れの大木があったり、無気味だし、山坂がやはりないわけではない。ウシはいつの間にか畑中さんを先導していて、私の傍にはマナマがいるだけだった。この子供は、実にちょろちょろと楽しげに駈け歩いていて、たとえば私が立止って、次はどの枝を頼りに登ろうかと思案しているときなど、駈け戻ってきて次の足場を用意してくれたりする。ターザン映画に出てくるチータによく似ていると思ったとたんに片足が泥にのって、ずいっと滑った。あっと思ったとき、チータが、いや、マナマが私の腰に手を当てて、ぐいと堰きとめてくれた。その逞しい力と、機敏な動作に、私は驚嘆した。この子には、もう一枚パンツを縫ってやらなければならない。

　ようやく辿りついたシシミンの家の中には、人っ子一人いなかった。畑中さんが、外から内からパチパチと写真をとっている。

「あんた外国へよう出かけるのに、写真機よう扱わんのか。おかしいなあ」

と、畑中さんは呆れていたが、私は機械はなんでも自分ではいじることができないという偏見を持っていた。ヨリアピにいる間、畑中さんが私のためにわざわざ一台の写真機にフィルムを入れてセットしてくれたが、日本に帰って現像してみたら、まっ黒で何も写っていなかった。距離感がないし、光度を考えればレンズの蓋を外すのを忘れ、レンズの蓋がとれていれば、ピントを合わすのを忘れてシャッターを切る。

しかし、シシミンの家など、珍しがって写真に納める必要はなかった。日本人相手にならそれは簡単に説明できる。歌舞伎の舞台によく出る掘っ立て小屋。あれを想像してもらえばいい。規模も体裁も、あれとまあ似たものである。ただ違うのは、入口が二つあって、男と女の入口が別になっている。中へ入れば同じことになるのだが、暗さになれた眼でよく見ると生木がごろんごろんと転がしてあって、厳然と男女の差別をつけている。一夫多妻制で、強いものが数を集めてしまうから、弱い男どもは指を喰わえて、丸太ン棒の向う側を眺めているだけということらしい。

「誰もいないじゃないの」

「うん」

畑中さんの説明によれば、これはいわば彼らの別荘というか仮宅というか、ちょっとこの辺りに出てきたとき宿るために建てたものかもしれないということであった。ことシシミンに関する限り、畑中さんの返事は慎重で、つまり調査はまだ緒についたばかり、結論を出すのは三年先のことだという構え方がよく分る。私は、まったく敬服した。

「さあ、帰ろうか」

畑中さんは晴れ晴れした顔で言った。家にシシミンたちは居なかったし、収穫らしいものは何もなかったが、私に一軒だけシシミンの家を見せたかったという畑中さんの気はすんだのかもしれなかった。

帰り道は、もう分ったところを歩くので、かなり気が楽になった。私はマナマが子供と思えないほどよく気がきき、力も強いと感心して畑中さんに報告した。

「この国が独立して二十年もしたら、あの子この辺りの長官ぐらいに出世してるかしれへんね。なんせシシミンの中で、子供のときにパンツはいたのは彼が最初やからね」

「最高のインテリになってるかもしれないわね」

「独立から二十年たって又来てみたいと、あんた思えへん?」

ちょっと考えてから私は答えた。

「それは無理よ」

「なんで」

「その頃、私たちは還暦だわ」

こう思いついたとき、私自身でさえも衝撃を受けたくらいだから、畑中さんがすっかり不愉快になってしまったのは当然だった。彼女は、むっとして物も言わずに歩き出し、たちまち私は取り残された。見当はついていたし、ウシも後についていることだから、もう心細くはなかったが、二十年や三十年たっても、こんな山奥まではとても開発なんてことは出来ないのじゃないかと考えていた。日本のようにせまいところにあふれるほどの人口を持ち、都会文明では東洋一を誇っている国でも、僻地離島はまだまだ開発が遅れ、貧しい生活を余儀なくされている人々が多いのである。この国が、文明の照射を隈なく浴びる日はいったいいつのことになるだろう。茶色い川と緑濃いジャングル、そこを駈けまわっているシシミンたちが、ポートモレスビーなどにいたネイティブたちのように、靴をはいたり、色眼鏡をかけたりしているところを想像してみると、幸福がどちらにあるか、ちょっと分らなくなってくる。

日本に帰ってから、パプア地区の開発をめぐって、日本でも狙いをつけている人々がいることを知って、何かシシミンたちの哀れさを思った。援助という大義名分の裏に、ついてまわる利権と政治屋の醜い跳梁。そんなものの襲来を、彼らは将来どうやって受けとめるのだろう。

それはともかく再び草原を掻き分け、草の中を泳ぐようにして御殿に帰ってみると、半袖シャツで出かけた私の腕一面に、細い裂傷が数えきれないほどできていた。草原の草の葉が、カミソリの刃のように、私の腕一面を傷つけていたのである。半袖シャツの私でさえそうなのだから、肩から二の腕をむき出しにしていた畑中さんは如何ならんと様子をうかがうと、彼女の皮膚はすでに鍛えぬかれていたものか、毛一筋ほどのかすり傷もない。

私は驚嘆して、しばらく言葉もなかった。

16

独身青年ポリス二人がヨリアピに赴任して間もなく椿事が起こった。

その夜、畑中さんと私は暗い石油ランプの下で、ドミノをやっていた。ドミノ理論とかドミノ方式などという国際問題の用語として使われている、あのドミノである。それはインドネシアで、私が二十五年ぶりに見つけた単純な遊びだった。花札ほどの小さくて分厚いカードが中央を一本の線で区切られ、サイコロと同じマークが、一から六までと更にもう一つゼロと七種類、それが線を中心に一組ずつ印刷されてある。一と六、五と三、二とゼロという具合に。

ゲームのやり方は「六と六」を私が置けば畑中さんは「六と五」でも「六と三」でも持っているカードをどちらか片端へ続ければいい。仮に彼女が「六と三」を置き、私が六のカードを持ってなければ「三と五」を並べる。そうやって行って相手のカードを封じ、自分のカードは出してしまうか、両方にカードが残っても、残った数が少なければ、そちらが勝つという、三歳の幼児でもすぐ覚えてしまうゲームである。

ニューギニアに入るとき税関で賭博に関するトランプ、麻雀の類は厳しくチェックされたが、私はうっかりドミノのことは忘れていたので申告しなかった。まさかニューギニアでドミノをやろうとは思いもよらなかったし、ましてや畑中さんがドミノに熱中するなどとは夢にも思わなかったからである。しかし、オクサプミンでスーツケースを整理していたら、ドミノが出てきたので、何気なくパトロールボックスの中に入れ直し、ヨリアピまで持ってきていた。

ある晩、二人でつくねんとしていたとき、ふと思いついて時間つぶしに出してみたところが、およそそういうことには興味など示すとも思えなかった畑中さんが、

「ふん、こうか。ほなら、こうや。ああ、こら面白いわ」と、すぐ覚えて、しかも緒戦において、ツキにツイて私を打ち倒してしまったものだから、大変な病みつき方になってしまった。

夜になり、石油ランプをつけ、ノートの整理やタイプをしていて眼が疲れてくると、

「あんた、ドミノせえへん?」

と、きまって畑中さんから言い出すようになり、勝てば勝ったで機嫌がよく、いつまでもやめようとしないし、負ければ負けたで口惜しがって、私を打ち負かすまで断じてやめない。

最初の説明通り、子供でもやれる単純この上ないゲームだし、何を賭けてやるわけ

でもないので、私はすぐに飽きてしまい、面倒になったが、畑中さんは何事にも撃ちてしやまんの精神で貫いているから、

「やろうよ、もうランプも暗うなってきて、字は読めんし、眠るには早いし、喋るのも久しぶりの日本語でむやみと喋って顎がだるい」

だから、毎晩ドミノで暮れることになった。

私は到頭悲鳴をあげ、

「もう勘弁してよ。麻雀なら毎晩でもやるけれど、こんなドミノなんて、しょうもないもの私は嫌や」

いつの間にか私も和歌山弁になっていて、投げ出すように降参してしまった。

「そう？　麻雀？　そんなに面白い？　私は賭けごとって今までやったことないんよ」

「あなたのその性格で麻雀なんか病みつきになったら、学者として決して大成しませんよ。冗談にもパイは持たん方がええわ」

「ふうん、このドミノより面白いん？」

「比べものにもなりませんよ」

畑中さんは、しばらく黙っていたが、

「そうやな、ドミノより面白いんやったら、やめといた方がええなあ」

「そうよ、ドミノは私が帰ったら、一人じゃ出来ないから、自然に止まるでしょうけど」

「ネイティブに教えたろかしらん」

「私、これ日本へ持って帰る」

二人とも同時に吹き出して、しばらく笑いが止まらなかった。まあそのくらい可笑しくなるほど、一時は畑中さんが猛烈に熱中していたのだ。

そんなある夜、テアテアが御殿の入口に伸び上がってきて、

「ミセズ」

と声をかけたのである。

「なんや。夜は男は来たらいかんと言うてあるのに」

畑中さんは怖い顔をして、大急ぎでドミノを押しかくした。ドミノはトランプと違うし、私たちは何を賭けているわけでもないから国法は犯していないのだが、それでもポリスたちに見られて誤解されてはいけないので、その点では私たちも注意していた。

夜であった。テアテアは大きな眼を、意味ありげにぐりぐりと動かしながら、ポリスたちの小屋を指して、言った。

「トウーペラ・メリー・オクサプミン・ストップ」

「トルーヤー？」

「イエス・トルーヤ」

このくらいの会話なら、私でもすぐに分った。オクサプミンの女が二人、ポリスの小屋に来ているとテアテアは注進に来たのだ。畑中さんが本当かと問い返したら、テアテアは大きく肯いて本当だと答えたというわけである。

畑中さんは、すぐに戸口を開いて飛び出して行ってしまった。テアテアは、それを見送って、満足げにゆっくりと自分の小屋に帰って行く。つまり女主人に言いつけにきたわけだな、と私は可笑しくなった。畑中さんはシシミンたちが畑中さんよりポリスの方が偉いと思っていると言って、よく怒っているけれど、ポリスのプライバシーを告げぐちするようになれば、少なくともテアテアは畑中さんの陣営に属していることはもはや明らかだ。

畑中さんは、すぐ戻ってきた。

「いた？」

「うん、いた。一人はラプラプ（衣類）を着ていたし、シシミンとは顔つき違うから、すぐ分った。二人とも私の顔みたら俯いてしもうて何も言えへん。オクサプミンやなと訊いたら肯いてたわ」

「ビナイたちの恋人かしら。こういう場合は許婚者なの？」

「さあ、彼らはシシミンと風俗習慣が違うからねえ。それにポリスたちは自分ら文明人やという自負心があって、オクサプミンでもブッシュ・カナカ（彼らにはネイティブという意味）と言うて軽蔑してるんやからね、本気で結婚するとは考えられんわ」

やっぱり男は何処の世界でも男だな、と私は思った。独身青年なら、しかも彼らの中ではエリートで知識人である二人になら、幾山河先きの女でも呼びよせることができるのだろう。

畑中さんが御殿に戻って来るとすぐ、ビナイとウシの二人がやってきて、

「ミセズ」

小さな声で遠慮がちに声をかけ、もじもじしていて中へ入って来ない。

「ウオネム（なんだ）？」

畑中さんが、ことさら横柄な態度で応対に出た。面白いから私もついて行き、双方のやりとりを見物した。

ビナイは片手で頭を掻き、なかなか言い出さない。ウシは下を向いて、片足で土にへの字を書いている。とにかく二人とも、てれているのか困っているのか、日頃の青年らしい快活さも逞しさも見られなかった。子供がオネショしたのを見つかって、叱言を待っているときのように、半ば覚悟し、半ば懼れ、しかも羞恥のかたまりになっている。実にほほえましい。ジャングルをものともせずライフルを肩にして颯爽と

している彼らに、こういう一面があるのかと思うと、男というのは可愛いものだなと可笑しかった。

「ウオネム」

畑中さんも、笑いを嚙み殺しているようだったが、訪ねて来てなかなか何も言い出さない二人に、威嚇的にもう一度訊いた。

ビナイが、頭を掻いたり、夜空を見たり、下を向いたり、落着かないままに釈明を始めた。どうやら、呼びもしないのに、女の方から勝手に来てしまったので、自分たちも弱っているのだ、と言っているらしかった。

「オクサプミンの女たちですね」

「イエス」

「彼女たちがヨリアピに来ることは、彼女たちの親が承知していてのことですか」

「そうです」

「キャプは、それを知ってますか」

「多分、知っていると思います」

「どうして？」

「来るとき一緒に来ましたから」

「私は見てたけど、一緒に来なかったじゃないのよ」

「彼女たちは女だから、途中ジャングルで一晩明かしたので、翌日着いたのです」

「ふうん」

畑中さんは、しばらく考えていたが、やがて断を下した。

「ともかくシシミンの女でなければ、私の関知したことではないから、帰ってよろしい。しかしシシミンの女に同じようなことをしたら、絶対に許しませんよ」

「それは我々もキャプから厳重に言われてきています」

「それさえ分っていれば、こういうことはサムチンナッチングや。帰ってよろしい」

なるほどピジンでは「どうでもいい」というのをSomething nothingというのかと感心しているところへ畑中さんが戻ってきて、顔を見合わせてから大笑いになった。ビナイたちの態度が、あまりに可憐だったからである。

「ああ、面白かった」

「呼んだんやない、勝手に来たと言ってみたり、来るときは一緒やったなどと、しどろもどろの言い訳や。キャプには内緒よ、きっと。そんなこと、許すはずがないもの」

「あなたは大目に見てやるつもりなのね」

「まあ一番こわいのはシシミンとトラブル起こすことやからね。欲望のはけ口にシシミンの女に手を出したりされたら、私もこう暢気(のんき)には構えてられへんとこよ」

「二人とも、まったく降参していたわね」

「うん、明日は野豚とって来いと言うてやろうかしらん。死にもの狂いで摑まえてくるよ、きっと」

私たちはしばらく可笑しくて、笑いが止まらなかった。

事実、翌日からのウシとビナイの精励恪勤ぶりは、気の毒になるほどだった。私たちが食事のときに使っている椅子が、脚がぐらぐらして坐りが悪くなったのに気がついたビナイは、シシミンに樹を切らせてきて、自分の手で頑丈な椅子を作りはじめたし、翌々日の夜中には、ウシがシシミンから野豚を買ったからといって、蒸し焼きにした一塊の肉を持ってきてくれた。

私は畑中さんが本当に野豚をとるように命令したのかと思ったが、

「いや、私が命令したんは、女の来ているのを知る前やから、脅迫でもないし、収賄でもないわよ、これ」

と、畑中さんは公明正大に受取っていいと主張した。ただ、シシミンから買ったものなら、彼らの安い月給で買ったものなのだから、こちらも買い上げた方がいいのではないか、ただもらうわけにもいかないという私の意見に、畑中さんは肯いて、財布を持って飛び出して行った。

それがすぐ戻ってきて、

「お金は受取らんのよ、あの連中。ミセズには、いつもいろいろ物を貰うてるし、親切にしてもらってるから、お金はええって、サムチンナッチングやと言うたわ」

と上機嫌だった。

ともかく久しぶりで歯ごたえのある生肉にありつけたわけである。夜で、晩御飯はすんでいたから、二人で明日の献立を考えた。

「ポークステーキにする？　肉が堅すぎるかしら」

「私はパキスタン風のカレーライスを作る。あんたと違って、私は料理上手やからね。お昼は期待して頂だい」

「じゃ、私は夜の御飯にするわね。お料理に自信がないから細かく刻んで炒飯を作るわ」

ともかく蒸し焼きにして持ってきてくれていたが、長く保たせるために焼き直しておこうということになった。畑中さんは勉強があるから、それは私がやることになった。熱湯で洗い直し、カレー用と炒飯用に分けて、切り、一方は細かく刻んだが、右腕が肩から痛くなるほど切り刻むのに力がいる。

「野豚って猪のことじゃないのかしら」

「いや、野豚と猪は違うやろ」

「それじゃ猪って英語でなんて言うの？」

「私の専門は人類学よ。動物学者に訊きなさい、そんなこと」

読書中の畑中さんは私が話しかけるのが明らかに迷惑らしかったが、私は、ともかくこれは相当に堅い肉だと覚悟していた。しかし、来る日も来る日もコンビーフばかり食べていたのだ。たとえ靴の裏革みたいな肉であっても、歯ごたえのあるものが明日は食べられるのだと思うと、生唾(つば)が出る。朝食用に、ハム代りに二切ずつチャーシューのようなものも作っておこうと、私はその夜まったく家庭的(ドメスティック)な女になっていた。何しろ冷蔵庫というものがないのだから、これだけの豚肉を明日中に食べてしまわなければならないのだ。まあ三度の食事に豚肉が出るなんて、なんて素晴しい贅沢(ぜいたく)な食生活が久しぶりに訪れたものだろう。

脂でねちゃねちゃした手を洗って外に出ると、見上げる夜空には天の川が大河のように流れ、オクサプミンの方角に、南十字星が屹立(きつりつ)していた。真上には降るような星。遥かな彼方には鮮かな十字の星座。私は、感動して眺めていた。これはニューギニアでなくては見られぬ壮観というものだった。

17

野豚が猪かどうかの論争は忘れて、私たちは翌日、はりきって朝食にまずそれぞれ二片の焼肉を食べた。

「堅い。前に食べたんは、もっと柔らかかった」

「この豚はラブーン（年寄り）なのよ、きっと」

「焼き方が悪いんと違うかなあ」

昼には畑中さんが腕をふるって、パキスタン風というカレーライスを作ることになっていた。だから私は朝食のあとは、パンツを裁断し、縫っていて一切手伝わなかった。

「トマトいれようかなあ、どうしよう？」

「さあ」

「ジャガイモの代りにサツマイモ使うたら、あかんかしら」

「さあ」

「あんた熱意ないなあ」

「だってパキスタン風のカレーライスなんて食べたことないもの」

「よし、食べさしたげる。待ってなさいよ」

午前中は畑中さんは台所から一歩も出て来なかった。カレーライスを作るのに、そんなに手間のかかるものとは思えなかったが、畑中さんというのは私と違って何事でもとりかかれば、ドミノでも人類学でもカレーライスでも、熱中することに変りがないのだな、と私は感心した。人類学的に考察して、畑中さんと私とは種族が違うかもしれない、とも思った。日本に帰った今では、本当はそのことに出発前に気がついているべきだったのだと思うのだが。後悔、先に立たずという諺があるが、この時点では、私はまだそれほどの後悔もしていなかったのである。

さて、パキスタン風カレーライスは、いよいよ出来上がった。私がフォークを取り、口に入れたか入れないかで、畑中さんは身を乗り出して訊く。

「おいしい？　なあ、あんた、おいしい？」

私は落着きはらって答えた。

「おいしいわ」

肉が堅いのは、肉のせいであって、料理人の腕とは関係がない。カレー粉を使っているのだから、カレー料理であることは間違いない。

「だけど、これ、どこがパキスタン風なの？」

皮肉ではなく訊いたのだが、畑中さんは吹出して、その質問はもっともだと言った。

「ニューギニアでは、ちょっと無理やった。日本へ帰ったら、完璧なの食べさして上げるわ」

「去年（一九六七年）の夏、東京で二人でカレーライスを食べたわね」

「そう、あんたのホテルの部屋で。あれ、おいしかったわ。あんなん食べたいなあ。肉も柔らかかったし、味もこれとは大分違うた」

ホテルのコックが叩き上げた腕で作ったものと、ニューギニアで畑中さんの手にかかったものと較べるのはどだい無理というものだと思って、私は黙々と食べていた。結構おいしかった。まず第一に、材料が食べ飽きたコンビーフでないのがいい。嚙んでも嚙んでも嚙み切れない牛肉というのはあるが、豚肉でそういうのは日本ではちょっと食べられまい。味付けも悪くはなかった。畑中さんが料理上手かどうかはおくとして、ともかく私より上手であることだけは間違いない。私ならあれだけ時間をかけていたら、必ず焦げつかしてしまっていただろう。

「ああ、おいしかった」

やっと嚙みに嚙んだ肉を喉に通してから、私が実感をこめてそう言うと、

「ほんまに、そう思うん？　すまんねえ」

畑中さんが、今度はこんな具合に低姿勢なのだ。

「東京にいたら贅沢のし放題しておいしいもん食べてるのに、よう文句も言わんと思うて、私は感心してるのよ」

「まさか、私は贅沢なんかできる作家じゃないわよ」

「矛盾してるな。お金が湧いてると言うてたやないの」

「それは去年だけ。私の作家生活に二度や三度あっていいことじゃないし。それに生活を一度ひろげたら、つめるのは大変だし惨めだし、だから、毎日の生活は地味に地味にと心掛けているの」

思わずこんなことまで喋ってしまったのは、日本を離れて、多少こんなところでも感傷的になっていたからかもしれない。途中でこれは妙なことを言い出したと気がついて、私は苦笑した。

「それに、私はいくらあっても足りないけど、なければないで平気なところもあるわね。子供さえいなかったら、世界中放浪してまわっているんじゃないかと思うことがあるわ。インドネシア育ちのせいかしらね」

「私も大連育ちやから、日本にいると息苦しくなってきて、ああ外国へ出たいと思うのかしれん。私らの国、あれ、ちょっと狭すぎるな、そう思わへん？」

「人間が多くて、みんな殺気だってるみたいでね」

「ほんまや、東京に帰ると疲れてしまうわ」

こんなところで意気投合して、その日は二人とも実によく喋った。食生活が豊かだと、こんなに心がのびやかになるかと思うほどであった。

しかし夜になって、残りの豚肉を全部使って、御飯より肉の方が多いような炒飯が食膳に出たときには、二人とも、もう堅い肉には感激を失い、噛むのが面倒になり、当分は野豚はいらないという心境に一変してしまっていた。人間が贅沢にすぐ馴れるという格好の一例である。冷蔵庫というものがあれば、三日に分けて使うのだが、それが出来なくて一日で食べてしまうというのだから、こういう結果を招いた。

「塚作り鳥というのがいるのよ、ここには」

「なあに、それ」

「野生の鶏やな。こんな大きな卵を産むん」

畑中さんが両手の指を使って大きさを示したところを見ると、ターザンが温泉で茹で卵にした駝鳥の卵ほどもあった。

「おいしいの？」

「味は鶏の卵と変らんの。一つあれば二人分のオムレツ充分にできるわよ」

「卵かあ、食べたいわねえ」

「シシミンに取って来るように言うてあるんやけどね」

「大蛇もなかなか持って来てくれないじゃないの」

「あんた、ほんまにまだ食べる気があるのん？」

「料理次第では、おいしいものになるんじゃないかって気がするのよ。半分は興味だけどもね」

「言うとくわ、ビナイに。あれは今、どんな命令でも聞くから」

「川があるのに、お魚はないの？」

「シシミンは釣りを知らんのや。そやけど通訳やポリスたちは魚取って食べてるよ。黒くて口髭のある変な魚よ。ナマズかしらん」

「ウロコがないんじゃない？」

「うん、ない」

「それじゃメコン川にもメナム川にもいたお魚と同じ種類じゃないかしら。取らせてくれない？　食べてみたいわ」

カンボジア人も、ベトナム人も、タイの人たちも、その魚を煮たり、干物にして焼いて食べていたのを思い出した。干物といえば、プエルトリコ人もナマズの干物を食べていて、私もプエルトリコへ行ったとき食べたことがある。干鱈（ひだら）とよく似た味だった。

「よし、命令しておく。そやけど、あんた」

畑中さんは妙な顔で私を見詰めた。

「さっきから聞いてると、あんた相当なゲテモノ喰いやねえ。犀鳥も鸚鵡も食べたいと言うし」

私は苦笑した。そう並べてみればゲテモノばかりだが、ニューギニアにはゲテモノしかいないのだから仕方がない。正直に告白すれば、私は味覚音痴なのである。美食家ではない。食べものには、ほとんど興味というものがない方である。ただ毎日のコンビーフにはほとほと閉口頓首であったのと、それと私は方向音痴、地理音痴、カメラ音痴と三拍子揃っている上に、どこへ旅行をしても日記はつけたことがないので総ての記憶がごちゃまぜになったり、曖昧モコとしてしまう。ただ好奇心だけは人一倍強いので、その土地へ行くと、その土地特有の食べものを漁るのが楽しみの一つである。

カンボジアではフランス料理も中国料理も一級品が揃っていたが、私は好んでベトナム料理やカンボジア料理を食べに出かけた。タイではアメリカ資本のホテルが多く、日本のホテルやアメリカのホテルと同じメニューが揃っていたが、私はバンコク市内のOLたちが食べに行く大衆食堂で、英語半分、手まね半分で、随分面白いものを食べていた。インドネシアではパダン料理に感激した。

私の場合、旅の味覚はその土地を離れては感激のないものだった。そして感激すればそれは強烈に記憶と結びつく。

　だからニューギニアなら、ニューギニア特有の、日本には絶対にないというものを食べて帰りたかった。犀鳥と鸚鵡はピジン（語）では難かしくて私には覚えられず、何度も聞きかえすと畑中さんが怒るから、私はポイズナス（大蛇）だけを、ポリスの顔を見ると、とってきてほしいと頼むことにした。

　季節が悪かったらしく、大蛇はなかなか摑まらなかったが、ナマズの方は間もなくポリスたちの使用人が釣上げてきて、火で焙ったのを十匹ほど持ってきてくれた。そんなにとても食べきれないから、六匹返して、四匹をバターで炒め直して皿に並べた。

「私は、いらんよ」

　畑中さんが、顔をしかめた。私は厳粛な態度でナイフとフォークを両手に、奇怪至極のナマズのバタ焼きを食べはじめた。腹部に産卵期のハタハタのような卵がいっぱい飛出していて、嚙むとプチプチと音をたてて弾ぜた。味はといえば、まあ、ナマズの味なのだろう。

「そんな泥臭いもん、あんた、ほんまによう食べるなあ。気持悪うなれへんのか。臭いよォ。あんた鼻もきけへんのと違う？　ああ、泥臭い。それが、おいしいん？　呆れるなあ」

　畑中さんが私の食べている間中こういうことを言い続けたのだから、いかに私でも味わうというわけにはいかないではないか。一匹食べただけで、もう見るのも嫌になって、台所へ下げてしまって、この場合はコンビーフの方がまだましという事になった。

「でもね」

私は未練がましく言った。

「干物にしたら干鱈みたいになるのよ。ここは日中は虫も出ないほど暑いのだから、今度は焼かずに持ってきてもらって、開いて干して、あなたが食べられるようにして置いて行くわ」

「そんなもん、私が食べますか」

「でも蛋白質（たんぱくしつ）といっても、いろいろな種類の蛋白をとるのが躰にいいのよ。コンビーフだけじゃなくて、お魚や鳥や卵から蛋白をとらなくちゃ、躰がもたないわ」

「そんな面倒なこと、私は考えてられへんよ。ニューギニアへゲテモノ食べるのが目的で来たんと違うんやから」

だから私が作っておくから、私の帰った後でも食べたらいいだろうと言うのに、あんな気味の悪いものが干物になったところを想像しただけでも身震いがすると畑中さんは言うのである。もっとも私も日本にいたら、魚類は食膳に出ても手を出さず、同じ蛋白にもいろいろあるという叱言を始終母親から言われていた。

「それにあんた、あれはナマズとも違うんやない？」

「ナマズでしょう？　鱗（うろこ）がないし」

「ナマズやったら、髭がもっともっと長いんと違う？　こんな具合の絵を見たことがあるわよ」

畑中さんが手真似をしたので、

「それは漫画のナマズよォ」

二人でとうとう笑い出してしまった。
勉強中の畑中さんをわずらわせては悪いから、それからはテアテアやポリスの顔を見る度に、タケノコや大蛇をとってくるように私の口から催促をした。
タケノコは、細くて長いのを先だけとって間もなくシシミンの女性群が運んできてくれた。が、この竹の皮が、もの凄いトゲで掩われていて、剝ごうとすると私の指に突きささる。テアテアを呼んで皮を剝いでもらい、先の柔らかい部分を刻んでタケノコ御飯を作ってみたが、何しろ細いので輪切りにするより方法がなく、私の料理の下手なのも手伝って、義理にもおいしいものに出来上らなかった。

タケノコとよく似たもので、草の芽であろうか、ピトピトと彼らの呼んでいるものを集めさせた。これはやはり皮を剝いでから五センチほどに切り揃え、缶詰の鮭と煮つけたが、味つけを畑中さんがしたせいか、これだけは、おいしかった。東京に帰っても、あれはもう一度食べてみたいと思う唯一のものである。

畑中さんは、それを食べているとき、入ってきたシシミンからフィアウの第二夫人の出産を聞き、もう大変な興奮でピトピトなんぞの味どころではなかった。

「さあ、フィアウに言うて、女の家へ行こう。出産祝は何を持って行こうかしらん。ねえ、あんた、何がいいと思う？」

「餅米があったら、お乳の出をよくするのにいいんだけど」

「ないもののことは言わんといて」

「お砂糖や、ミルクは？」

「そうや、それが一番喜ぶ」

しかし使いを走らせたのに、フィアウは畑中御殿に姿を現わすまで一週間もかかった。狩りに出かけたのか家にはいないという返事だったり、来ると答えたが来なかったりである。

「出かけて行って談判してこうかしら」

畑中さんは落着かず、ポリスや通訳たちにフィアウが来ないのは彼らが無能で誠意がないからだと当り散らした。

私はポリスたちに、違う話題で慰めてあげたくなり、大蛇を摑まえるのは難かしいものかなどと訊いたりしていた。

すると、ある日、ビナイの方から不思議でたまらないという顔で反問された。

「オーストラリア人のキャプから、日本女性は素晴らしい、世界一だという噂を聞いていましたが、するとなんですか、日本では、女性が大蛇を常食にしているのですか。ニューギニアでは、ブッシュ・カナカしか、あんなものは食べませんが」

18

音痴という話の出たついでに、ヨリアピで耳に入った音のことを少し書いておこう。毎朝、私は豪雨かと思って眼をさます。それはヨリアピにいる間中そうだった。例の強行軍のときのジャングルの中の雨の音との連想だけではない。事実、それは豪雨と間違えても無理のない激流の音だったのである。落し蓋みたいになっている窓を、心張り棒で外に突出してあけ、外を眺めれば大てい快晴だった。夜は十時前に眠り、朝は六時前後に起きるという極めて健康な日常生活が続いていた。

午後になると戸外の暑さは目が眩みそうなので、私は洗濯はなるべく午前中にすますことにしていた。ゴム草履をはき、粉石鹼を入れた金ダライを持ち、そこに昨日の午後の汗でまみれた衣類を盛上げて川瀬に降りる。水のあるところまでに大小各種の岩がごろごろしていて、それがシシミンの足跡で濡れていたりすると、滑るから歩きにくいことこの上もない。私が洗濯に出かけたと知ると、たいがい畑中さんも洗濯ものを抱えて後を追いかけてくる。芯は人なつっこい人なのだ。

「あんたなあ、東京へ帰ってごらん。川で洗濯したなんて、思い出したら懐しいになるよ」

川の中に腿までつかって濯ぎ洗いしていた畑中さんが、大声で叫ぶ。

だが私は黙っていた。川で洗濯などといっても、ドンブラコッコと桃が流れてくるような、そんな穏やかな川ではないのだ。水音が凄いから、一メートルと離れていない畑中さんに返事をするのだって、声はり上げて喚かねばならない。

川の色が、何度も書いたように茶色い。石鹸がなかなか溶けない。洗濯している私たちの傍にポリスたちの女がホーローびきの食器を洗いに来ていた。洗濯もし、食器も洗うこの川の水で、私たちは御飯も炊けば顔も洗っているのである。

タライの中で、ともかくようやく泡を立てて洗濯したものを濯ぎにかかると、これは電気洗濯機より簡単だった。流れが早いから、ちょっと水に浸しているだけで、石鹸はぬけてしまうのである。その代り、よほどしっかり濯ぎものを摑まえていないと、うっかり手を離したら最後、あっという間にムームードレスは五メートルも先に流されていて、決して拾いあげることはできない。

「ポリスたちの女、いつまでヨリアピにいる気なんやろなあ」

濯いだものを絞り上げて、岩だらけの川原を戻ってくるとき、畑中さんが私を追いぬきながら言った。

「ずっといるつもりみたいじゃないの。ニコニコして挨拶までするようになったわね。どっちがビナイの彼女かしら」

「知らんよ、そんなこと」

畑中さんは何かひどく気にさわったことがあるらしくて、その日はろくに私に話しかけて来なかった。

朝も昼も川の音は激しく、私は水音が好きなので、それで苛立つようなことはなかった。国内旅行で、滝の音の聞こえる宿や、川音のたえまない日高川の山奥の龍神温泉に泊ったときのことなど、ふと思い出す。そういうところでは不思議によく眠れた。暮れてくると、河鹿蛙が鳴き始める。それも一斉に。山里で、渓流の傍で河鹿の美しい声を聞くほど都会人にとってロマンチックな気分に浸れることはないが、ニューギニアの河鹿は声も大きいし、数が多すぎる。私はモスクワで聞いたボリショイオペラ「ボリス・ゴドノフ」のコーラスを思い出したほどである。凄い迫力である。

「あれが河鹿かしらね」

「さあ」

畑中さんは自分でも言うように人類学者であって、動物学者ではないから、こういうことになるとてんで取りあってくれない。

耳をすますと、やっぱり河鹿以外のものではないと思えるのだが、川原に下りて実態を見極めるのはやめることにした。もしヒキガエルのような大きなものが出てきたら、いくらニューギニアでも幻滅がひどすぎると思ったからである。

河鹿が鳴き出し、暮れてくると、密林の向うに様々な色光が点滅する。最初それを見たとき、私は松明を手にしたシシミンの襲来かと見紛ったくらいである。

「蛍ですよ。シシミンは闇でも眼が見えるから松明なんか使いませんよ」

「あれが蛍？」

「うん」

私も動物学者ではないからよく分らないが、これが蛍なら「鬼蛍」と名付けたいくらい、光が大きすぎる。夜になって懐中電灯をつけて別棟のスモールハウスへ出かけるときなど、バガノの作った道のすぐ傍の草叢に、この蛍が止っていると、蛇の眼かと思って飛上がることがある。

「蛇よりあんた、サソリの方がこわいよ。これにやられたら、三歩あるかんうちにパタンと死ぬという話や。これは気ィつけて頂だい」

「どうやって気をつけるの」

「便所の中をよう照らして、サソリが天井などにいないかどうか、確かめるんや」

「この家の中は？」

「まあ大丈夫やろ、私が今まで無事なとこ見ると」

私は波立つ心を抑えるために、慌てて話題を変えた。鬼蛍。その飛び交うさまは、壮観であった。光の大きさは、日本の蛍の約十倍と思ってもらえばいい。ニューギニアでは風流ごとにしてからが万事こんな具合で、大きく、猛々しいのである。

「私、乱視だからかしら、蛍の光がいろいろに見えるわ」

「あんた科学知識ゼロやな。乱視は、映像が歪むだけで色は関係ないんやで。ここの蛍は、黄色と紫とピンクと青の四種類の光があるわ。私は近眼やから、よう見える」

近眼だから遥かな蛍がよく見えるという科学知識もおかしいものだと思ったが、私は鬼蛍の光の色が、本当に美しいので、しばらく見惚れていた。どの色も、まるで宝石のような煌らな光り方をしている。しかも明滅し、樹間や草の上を動いて飛ぶ。これは、他の土地では決して眺められないものだろうなと、川の音に聴き入りながら、私はこの巨大な風流をたのしんでいた。

畑中さんが、黙々とポンプ式の石油ランプの掃除をし、昨夜飛び込んで死んだ虫を払い落したり、石油を入れ足したりして、やがてポンプを勢いよく押してから火を点けた。はじめの頃、私は大正時代を偲びながら、この石油ランプの掃除役を引受けていたのだが、ホヤを壊したり、中の蛍光体（？）を裂いたりしたので、畑中さんは私にいじらせなくなってしまったのである。なんの役にも立たない私は、畑中御殿では文字通りの場所ふさぎで、本当に申訳がない。

「あんたなあ、どない思う?」

その日のフィールドノートの整理をして、タイプライターを片付けながら、畑中さんが話しかけてきた。

「オクサプミンの女たち、まだいるんやで」

「そうみたいね」

「ポリスの小屋には他に通訳も二人いるしねえ。私は、あんなこと言いにきたんやから、すぐに帰すと思っていたんやけど」

「でも別に結婚式なんて習慣はないところなんでしょう?」

「とんでもない。極楽鳥の羽根ならべて、大層な儀式があるんですよ、結婚には」

「あら、そう」

「バガノもオブリシンも妻子持ちやったが、ヨリアピは単身赴任やった。そやから手当かて特につくんや。女を呼ぶなどというのは、怪しからんことやで」

私は縫い上げたパンツにゴム紐を通しながら、なにげなく相槌を打った。

「それはまあ正しいことをしているのではないという自覚が、彼らの方にもあった様子だったわよね」

「そうやろ?　そう思うやろ、あんたでも」

勢いよくこう言い出したとき、畑中さんはもう決意していたのだ。それはポリスを呼びつけて、叱りつけ、即刻彼女たちをオクサプミンへ追返せと命令することであった。

私は、ちょっと慌てた。

「今から呼びつけるの？　ここへ？」

「うん」

「それはやめといた方がいいわ」

「なんでや」

「だって夜だもの。言うのなら、明日の朝にしなさいよ」

「夜かて朝かて同じことを言うのに、構うことあれへんやないの。今日もシシミンの女たちが、ポリスのところに女たちが来ている、結婚もしないのに、変だ、なんて私に言ってるのよ。彼らの権威にもかかわる重大なことなんや」

「今夜はやめといた方がいいわよ、とにかく」

「なんで」

「だって、そんなことは夜は具合が悪いんじゃないの」

こういう人情の機微というものは、小説を書くには格好の主題だが、説明となるとしにくいものである。私が、男女問題と夜との特殊関係を説くことに逡巡しているうちに、畑中さんは御殿の窓から身をのり出して、

「ビナイッ、ウシッ、来なさいッ」

と大声で闇の中へシングアウトしてしまった。

返事は聞こえなかったが、畑中さんがけたたましく二、三度叫ぶうちに、やがて二人のポリスは、二人の通訳を従えてやって来た。

「通訳の必要はない。あんた達は小屋へ帰りなさい」

畑中さんは通訳を追返してから、玄関の戸を開いた。

のっそりと上がってきたポリスを見て、私はぎょっとした。二人とも肩にライフルを担いでいる。

畑中さんは、テーブルの向うに二人を立たせ、自分は椅子に腰を下ろして、裁判長のように厳かな声を出した。

「オクサプミンの女たちが、ここへ来ていることは、法律的に正しいことですか。あなたたちの考えを言いなさい」

私はもう震え上がっていた。二人はライフルを持っている。私たちにはピストル一梃身近にない。しかも真夜中だ。ポリスたちが怒り出して、惚れた女のことでつべこべ言うなとライフルを突きつけたら、いったいどうなるというのだ。私は腰を浮かした。こんな法廷に、とても平静な気分でいられるものじゃない。

「あんた！」

畑中さんが怖い顔をして、私の腕を摑まえた。

「あんたもここに居なさい。ふんぞり返っていてくれんと困るよ」

無理やり椅子に坐らせたが、それは畑中さんも怖かったからに違いない。しかし私は迷惑だった。私は反対したのだ。夜は、よそうとあれほど言ったのに、畑中さんが呼んでしまった。ライフル二梃で狙いを定められたら、私たちはもう逃げようがないのだし、こんなところで悲鳴を上げたってオクサプミンのキャプには聞こえるわけがないし、シシミンだって助けに来てくれるわけがない。私はあんなに反対したのに、畑中さんが呼びつけて、ライフル二梃が、ああ！

私は腰が抜けていて、しかも上半身は硬直していた。私は殺される、私は殺される。この恐怖は、経験したことのない人には分らないだろう。同じころ日本で寸又峡に金嬉老がたてこもっていたことは、後に日本に帰ってから知った。

二人のポリスたちは、黙って答えない。

ビナイは窓の外を見たり、下を向いたり落着かないが、ウシは腕を組んで、空嘯き、見ようによっては、さあどこからでもかかって来いというふてぶてしい構えである。

「私がこういうことを言うのは、あなたたちがそれによってシシミンの間で評判を落していることが分ったので、それを心配しているからです。私は前にシシミンの女たちとトラブルを起すよりいいと答えましたが、それは彼女たちがいつまでもヨリアピにいるとは思わなかったからです。もし、この事実を知ったら、キャプは許容するでしょうか」

ビナイも黙っている。ウシも腕を組んだまま黙っている。女が来たのを発見されたときの少年のような恥じらいとは人が変ったようだった。私は全身がびっしょりと冷たい汗で掩われているのを感じた。いま彼らがライフルを取直したら、咄嗟に私はなんと言うべきか、言葉を捜す余裕もない。躰も心も釘づけになっている。

畑中さんはと言えば、これは小さな躰なのに、胸をはって、二人を睨みまわしているのである。

立派なものだなあ、と私は驚嘆した。私は大きな躰を縮かまして、上眼づかいで彼らの様子をうかがっていたのだから。

気が遠くなるほどの長い沈黙の後に、やっとビナイが言った。

「ミー・ウロング（私が間違っていました）」

ウシの方は終始黙りこくったままだ。

「女たちは、いつまでヨリアピにいるつもりですか」

「明後日、オクサプミンから迎えが来るので、それに連れて帰ってもらうことにしてありました」

「それは、よかった。私は、あなた達が職務上、シシミンたちに馬鹿にされたり、悪く言われたりするのは、よくないと考えたのですよ」

「ユー・ストレート（あなたは正しい）」

「では、よろしい。帰って、よく眠りなさい」

二人のポリスがライフルを肩に悠々と彼らの小屋へ戻って行ったあと、私の全身の関節という関節はぐにゃぐにゃになってしまっていた。

「どうや、ユー・ストレートと言うたで」

畑中さんが上機嫌で私を顧（かえり）みた。

「あなた、怖くなかったの？」

「ライフルが、か？　阿呆（あほ）らしい」

畑中さんは、机の上のものを片付けながら私を見て笑った。

「私らを殺したら連中は死刑ですよ。他のことで私が死んでも終身刑ぐらいになるのよ。ネイティブかて、そのくらいの分別はありますよ。怖いことなんか、ない」

19

私の短い（そのときは永遠につながるかと思えたが）ヨリアピ滞在の間に、最も大きな変化を示したのはテアテアだった。オクサプミンで会ったときは、身なりも、いや躰につけていたのはシダの葉を前にさげていただけで、いかにもブッシュ・カナカ然としていたし、態度もどこかおどおどしていて田舎者が急に町へ出てきたような落着かなさがあった。山越えの道中のときも、いつも畑中さんの侍僕のごとくつき従っていて、オクサプミンのカルゴボーイたちと較べれば勢いのない男だった。

「テアテアは温和しい」

と畑中さんが言っていたが、私はどうしてこんな腑抜けみたいな男を使用人に選んだのか、畑中さんの心がはかり難かった。

そのテアテアが変り始めたのは、畑中さんが彼にパンツをはかせ、シャツを着せるようになってからだと思う。畑中さんにしてみれば、用のあるときに呼ぶと、小屋から飛出してくるのはいいが、急いで出てきたために一糸まとわぬ姿で御殿に入ってくるのには辟易したからであろう。また、畑中さんの使用人であるという意識を、彼に明確に植えつけようとも思い、あるいは一種の親愛の情からシャツを与えたのかもしれない。

　ところが、その辺からテアテアの態度が、だんだん横柄になってきた。マナマなどという子供を、家来のごとく従えるようになったのもその頃からだ。

私がちょっとそのことを言うと、畑中さんはまるで身内をかばうように、

「そんなことない。私は、あれを仕込みに仕込んで、これまでにしたんや。何事をするにも、まず手を洗ってからやるという、清潔というものに関する観念と習慣を、やっと覚えさせるまでには苦労したのよ」

と、却って自慢をするのであった。

　ある朝、馬鹿に早く眼ざめた私は、テアテアのいる小さな小屋からモクモクと白い煙が立ちのぼっているのを窓からぼんやり眺めていた。煙突などというものがないので、家の中で火を使うと草の屋根から洩れ出る仕掛になっているのだ。

　私はそうっと御殿から小屋の方へ降りていって、テアテアの日課なるものを観察してみようという気になった。あんたは作家やというのに、家の中でパンツばかり縫っていると、常々畑中さんに罵倒されていたせいもある。

　小さな小屋の中で、テアテアは汲んできたバケツの水で、丁寧に幾度も幾度も両手

をこすり合わせていた。なるほど御主人さまの命令通り清潔を旨として手を洗ってい るわいと私は感心した。

やがて彼は、彼の手を洗ったバケツの水を、そのまま大きなヤカンに注ぎ入れた。ああッと声をあげそうになったが彼がそのヤカンを火にかけ、木をくべて火力を強めるために洗った手で灰をかきわけ、そのままペタンと両手を土の上について四つン這いになるのを見ると諦めの方が先に立った。

沸とうしたヤカンをさげて、やがてテアテアは御殿の方にやってくると、大型のジャーに湯を注ぎ入れて口を締め、残りの湯はヤカンのまま床に置いて帰って行った。

しばらくして畑中さんが起きてきた。寝起きの悪い人だから、むっつりして、お早うも言わないのである。私が先に起きていながら、朝食の支度をしていなかったのがいけなかったのかもしれない。黙々として乾パンとマーガリンと蜂蜜を並べ、ジャーから湯を使って紅茶を淹れた。別にことさら書くまでもない、それは毎朝の習慣であり手順である。

私は坐りの悪い椅子に腰かけ、さわるとガタガタ動くテーブルの上から、乾パンをとって食べながら、紅茶を飲んだ。

「今朝はひどく早く眼があいたものだから、テアテアが水を汲んでお湯を沸かすところを逐一見ていたのよ」

「ふうん」

「そうしたら汲んで来た水で、まず手を洗ってね」

「そうやろ。そこまで仕込むのには苦労したのよ。なぜ手を洗うのか、遂に理由は分らなかったらしいけど、理屈ぬきで何事もまず手を洗ってからせえ言うて、くどいほど繰返したん。シシミンにしたら、大変な進歩ですよ、これは。文明人へ一歩でも近づいたわけやから」

畑中さんは得意満面で、次第に機嫌がよくなり、一息で残りの紅茶を飲み干した。今度は私が立って、彼女の茶碗に紅茶を注ぎながら言う。

「テアテアは手を洗ったその水をヤカンに入れたのよ」

「えッ」

「それを沸かしたのが、このお湯なの」

さすがの畑中さんも、このときはしばらく言葉がなかった。手に持った紅茶を薄気味悪そうに眺めていたが、やがて口を当てた。昨日まではそれを知らずに飲んでいたのだし、一度沸とうさせたのだから滅菌はしてある筈だと思い直したのだろう。私も同じ思いで最初から飲んでいた。「見ぬもの潔し」という言葉が日本にだってあるではないか。ニューギニアで、そんなことに一々目くじらを立てていたら食べるものは何一つない。食器類だって川の水で洗っているのだ。こちらは滅菌も何もしていない。

「なるほどなあ」

やがて畑中さんが感想を洩らした。

「手を洗った水は別にして捨てろと言うたら、混乱するやろし、もう洗うなと言えば何もかも洗わんようになるやろし、難かしいところやなあ、これは」

当分は手のほどこしようがない。私たちは毎朝テアテアの手を洗った水で紅茶を淹れるのを余儀なくされていた。

テアテアが御主人さまに対して不遜な態度を露(あら)わにするのは、畑中さんが外で集めてきたシシミン語の発音を、手軽くテアテアを使って正確を期そうというときであった。

御殿のはるか南方に、ミム山という先の尖った黒い山が突出して見える。

これをシシミンでは、アホ・ミムと呼ぶ。片仮名では、ホもミもムも感じが出ない。発音の仕方がまるきり違うのである。畑中さんは、それを修得しようと思い、テアテアが来たついでに発音してみせると、テアテアは胸を張り、厳格な教師然とした態度になった。

「ミセズ・ノーガット。アホ・ミームー」

「アホ・ミームー」

「ノーガット（駄目だ）ミームー」

「ミームー」

「ノ！」

口を突出して同じ音を出そうと熱中していた畑中さんも、とうとう怒り出した。

「テアテアにシシミン習うんは、やめや。大威張りでノーガットとは、なにや」

「横で見ていても主従関係が転倒しているのが分るわよ」

「もう、やめた。こういうことに使用人を使うたらいかんという教訓や。海岸の町で、白人たちがネイティブの使用人たちにもの凄う厳しィに差別つけてるの見て、義憤感じたことあるけど、ちょっと分るような気ィする。連中に甘い顔見せたら絶対あかん」

私もときどき未開人と文明人の接触に当って起こってくる考え方の喰い違いを、昔、欧州列強の植民地であった南太平洋地域へ連想して考えこむことがあった。植民地時代のインドネシアを知っていた私は、四分の一世紀を経て、独立国インドネシアを見てきたばかりである。そこには、昔オランダ人が住んでいた家に、インドネシア人がオランダ人の生活と習慣をそっくりそのまま受けついで暮していたが、彼らの使用人たちは、植民地時代よりもっとひどい待遇を受けていたのを、私は実にたまらない思いで発見していた。

ニューギニアでも白人は心の底でネイティブを馬鹿にしているし、ネイティブたちはそれを感じている筈なのに、白人の生活を見覚えた彼らはブッシュ・カナカの前では優越感に酔っている。ブッシュ・カナカの中でも、一九六一年に白人との接触を持ったオクサプミンと、一九六五年に発見されたシシミンの間には、歴然たる生活感覚的に文明度の差があって、ポリスの使用人であるオクサプミンは、シャツを着、パンツをはいて、シシミンどもを顎(あご)で使っている。

これがこのまま一九七〇年独立実現へ突入してしまったらこうした差別意識は階級を細分化したまま固定する心配があるのではないだろうか。原始林の山々にとりまかれたヨリアピにも、文明はどんどん流入してきて、シシミンたちも次第に変って行くのだろうが、オクサプミンとヨリアピとの立地条件からいっても差は縮めにくいだろうと思われた。第一、山野を自由自在に駆けめぐっている彼らが、文明という眼鏡をかけ、文化という靴をはき、贅沢(ぜいたく)というシャツやパンツを身につけるようになるのが、幸福といえるかどうか、難かしいところだ。

私は日本に帰ってから、ニューギニアの地下資源に目をつけて、それを開発しようと、パプアのエリートたちと手を結ぶことに暗躍している人々のいることを知ったが、こういう動きは日本だけのことには限らないのだと思うにつけても、シシミンたちが遠からずそういう現代文明の攻勢に出会うことが必至で、そのとき彼らがそれをどう受止めるかと、もはや今では他人ごとでなく心配になる。国際連合の保護または監視があるから、昔のアメリカ大陸の原住民みたいな目にあうことはまああるまいけれど、弓矢と爆弾で闘いあうことはまずないとしても、経済的な総攻撃には応戦する能力がまずあるまい。日本でさえ自由化というものによって、アメリカは日本の経済にどんどん喰いこんできていて、財界はそれを防ぐのに大わらわの有様なのだ。

しかし今は、そんな話ではなかった。テアテアのところへ戻らなければいけない。

「えらいことになったわ。テアテアが働かんようになってしもうた」

畑中さんは、遂に当惑した。何を命じても、彼はその場で子供のマナマに言いつけ、彼を追い使って水汲みも掃除もマナマがやるのである。子供にはできない用を言いつけると、

「ミー・ノーライキム（やりたくない）」

と答えるようになった。自分のようなエリートに、そんな用を言いつけるなどとは、とんでもないという顔をするのだ。

畑中さんはかんかんになって、怒鳴りつけ、脅し、すかしたが、シャツとパンツですっかり文明人になってしまったテアテアは動かない。仕方なく、ポリスも通訳も集めて、その前で畑中さんは憤懣をぶちまけた。彼女が述べたてたのは雇傭関係というものに関する本質についてである。労働に対しては、正当な報酬が支払われねばならない。しかるにテアテアは、初期に契約した通りの報酬を受取りながら、少しも働かないのだから、これは彼がいけない。

「ユー・ストレート（その通りです）」

ポリスたちは重々しく肯き、通訳を介して、なぜ働かないのか、なぜミセズの言うことに従わないのか、ミセズはお前に石鹼も缶詰もシャツもパンツもくれたではないかと、交々口を酸っぱくして説いたが、だいたい、シシミン語には、水を汲むとか穴を掘るという動詞はあっても、「働く」という概念的な言葉がない。したがって、雇う傭われるなどという能力の価値交換に関する常識もあるわけがないし、一朝一夕に説明するわけにもいかない。

ポリスたちに問い詰められたあげくの果ては、テアテアは畑中さんのハウスクックをやめてブッシュへ戻ると言い出してしまった。

「ほなら、やめなさい」

畑中さんは待てしばしがない。第一テアテアの方にも、引止められても働く意志がなくなっている。

「勝手にやめるんやから退職金は、やれへんぞ」

と、畑中さんがいきまいて、いっぱしの資本家みたいなことを言う。

しかしテアテアがやめるとなると、誰が川から水を汲むことになるのか。私はもう大分歩けるようになっていたが、あんなことをさせられるのはご免こうむりたかった。おろおろして、明日からはどうするつもりかと訊いたら、

「うん、代りを今日中に探せと言うてある」

ということで、日暮れどきに、テアテアがシシミンを三人連れて、通訳と一緒に入ってきた。

一番躰つきのがっしりしたのを選ぶことにしかけたが、片方の掌にオデキが一面にできているので飛び上がってそれは、はね、中で一番若くて、あまり悧口そうな顔つきでない男が残った。名は、パティファイという。一人前に名があるのが、私などには不思議に思えるような、頼りない若者であったが、

「まあ、仕方がない、使ってみよう」

ということになり、テアテアに命じて、パティファイの任務というものを説明させ

た。するとテアテアは、下士官が一等兵に向ってものを教え込むような厳格で横柄な態度で、実に細々と注意を与え、自分の目の前でそれをやらせ、やり損うと怒鳴ったり叱りつけたりしている。

「テアテアは大したものねぇ」

「パンツはいてから、出世したように思いこんだんやろねぇ」

私たちは半ば感心し、半ば可笑しかった。

そして翌朝、私が起きて行くと、パティファイはもう湯を沸かして、そのあと畑の中に入り、トマトを食べる虫を退治していたのである。

「よく働いているわよ。変えてよかったわね」

「まだ分りませんよ。テアテアかて、初めのうちはめざましいほどよう働いたんやから」

二日ほどたってからパティファイが私のところにきて、手真似でカミソリの刃をくれないかと要求してきた。畑中さんに取次いだら、彼女は忽ち怒髪天を衝いて、

「まだ三日もせんうちから、こんなことでは先が思いやられる。あんたが甘い顔を見せるからや」

と私にまで当り散らし、貯蔵庫の中へ突入して、やがて一枚の刃を持って出てきた。

「そんなに怒るくらいなら、やらなければいいのに」

「やらずにすませる私なら、こんなに怒りませんよ」

畑中さんは大声でパティファイを呼びつけ、女王陛下のように胸を張って、御下賜(かし)になった。

名を呼ばれたパティファイは、のっそりと御殿に上がってきて、畑中さんが突出しているカミソリの刃を、まるで一枚の木の葉でも歩くついでに取ったように、ごく何気なく手にして、有りがとうでもなければ、嬉しそうな顔もせずに、すぐ向うへ行ってしまった。

20

私がヨリアピに着いたばかりの頃はもの珍しさからか一週間も御殿に通いつめて、私に薄気味の悪い思いをさせた酋長のフィアウが、その後ばったり姿を見せなくなっていた。畑中さんは何度も何度も使いをやって、山から降りてくるように、また彼の第二夫人の出産について訊きたいこと、頼みたいことがあるからと、頼んだり命令したり、何度も催促したのだが、彼は一向に聞きわけない。遂に畑中さんが業を煮やして、

「私が行って引き摺り降ろして来る。それでなければ埒があかん」

と言い出し、私にも一緒に山に登れと、怖い顔をした。私は絶体絶命の境地で、ウシとビナイの二人のポリスに哀訴嘆願して、なんとかしてフィアウを連れてきてほしい、でないと私はまたバーガラップして（こわれて）しまうと言い、二人の青年たちはやがて頼もしくうなずいて、出かけて行った。

翌日、ようやくフィアウが御殿へ顔を見せた。畑中さんは早速通訳を介して、

「子供が産れたら私を案内すると、あれほど約束していたのに、今まで引延ばしていたのは何事であるか。出産から、もう何日たっていると思うか」

と訊問を開始した。

「七日であろう」

「どうして約束通り私を連れて行かないのか」

「あれは女の家で、酋長の私でも近付くことができない。男子禁制なのだ」

「私は女だ。だから、行ける。ただちに案内せよ」

「しかしオム川の向うの山の中に女の家はある。川を渡るのは大変だ」

「私は泳げる。ただちに案内せよ」

「いや、オム川は急流だ。あなた達に万一のことがあったら、私はまたポリスにつかまって苦役に従わなければならない。あんなことは、もうまっ平だから」

「川を渡るぐらいで、死ぬような私ではない。つべこべ言わず、ただちに案内せよ」

この問答を横で聞いていて、泳げない私は、すぐ諦めた。原始民族の出産についての、私も女だし、作家として強く好奇心がそそられたが、あの急流を泳いで渡るということであれば、それもフィアウが危ぶむほどの難所であるとすれば、私の出る幕ではない。

遂にフィアウが畑中さんの気合に負けて、渋々案内することになったが、私は留守番だと思いこんでいたから、畑中さんにどやされるまで支度もせずに、勇躍している彼女を、友人として喜びを共にするだけで眺めていた。

「あんた、その格好で行くん？」

「え？」

「川を渡るとき濡（ぬ）れるから、着替え持って行く方がいいわよ」

「私は泳げないのよ、ここで待ってるわ」

「冗談やない。あんたのためには筏（いかだ）組まして、もう何日も前から用意してある」

「ひぇッ」

「さあ、早く。男子禁制やから通訳は連れられへん。写真の撮影もあるし、手伝うてもらうこと沢山あるんよ」

追いたてられて、驚き慌（あわ）てながら川原へ出てみると、太い丸太を蔓草（つるくさ）で縛った、長さ一メートル、幅八十センチほどの、ずんぐりした筏が、なるほど用意されていた。それも三つ。私の他に、誰がのるのかと思ったら、川のないところで育った第一通訳が泳げないので、彼も筏にのせて行くのだという。もう一つは畑中さんのためにとシシミンたちが作ったらしいのだが、

「私は泳ぐわ。久しぶりの水浴びやし」

袖なしのブラウスに半ズボンという不断着の畑中さんは、そのまま、あっというひ

まもなくドボンと飛び込んだ。褐色の流れは急で、向う岸へ直角に泳いでいるつもりの畑中さんの躰は、どんどん川下へ流される。私は声も出ぬほど緊張して、ハラハラとそれを見守っていた。ウシも、ビナイもライフルを片手にして、黙ってそれを眺めていた。三十メートルも川下へ流されてから、ようやく畑中さんは対岸へ泳ぎついて、こちらへ向って手を振り、シングアウト（奇声）をしたが、こちらの岸では応える者がない。私はもう半分目がまわっていたし、シシミンたちは三つの筏にたかって具合を確かめている。

畑中さんは向う岸にいるのだから、私はもう誰にどやされる心配もないので、ここから御殿に引返そうとひそかに決意していた。私はカナヅチで、筏が激流の中で砕けたら最後、鰐がウヨウヨいる下流へ私の肉体はヒキニクみたいになって到着し、彼らの餌食となること間違いないのである。命あっての物ダネだ。冒険はもうよそう。私は子供のいる日本へ帰らねばならぬ大事の躰だ。

ところが驚いたことに、向う岸をつたい歩いて川上へ戻ってきた畑中さんが、大きな岩からまたドボンと水に飛び込んで、こちらへ戻ってきたではないか。しかも流れの途中で、さすがの畑中さんも力尽きたのか、渦に巻込まれて手足の自由を失い、すーっと川下へ流された。

あっと思ったとき、ビナイが自分のライフルをウシに手渡して、敏捷に水の中に飛び込んだ。ぐいぐいと彼の大きな二の腕は頼もしく水を搔いて、畑中さんと激流の中で揉みあい、やがて、畑中さんを担ぎ上げて戻ってきた。

私はもう呼吸がとまるほど驚いていて、畑中さんがビナイの腕をふりほどいて川岸へ上がってから、こちらへ歩いてくるのをぼんやり見ていた。

「大丈夫やのに、よけいなことをする」

畑中さんは怒っている。私たちには流されたと見えたのに、畑中さんはずっと泳いでいたと言うのである。ビナイが泳ぎの邪魔をして、足や胴をつかまえるから、あやうく溺れるところだったと、畑中さんはプリプリしながら、

「さあ、試験飛行がすんだんやから、あんた筏に乗りなさい」

「私は、やめとくわ。泳げないもの」

「そやから筏を作ったんやないの。私が一緒についていてあげるから、さあ、乗りなさいったら」

ずんぐり筏の中央にマストが一本突出していて、私はそれに抱きついていればいいというのである。海水着になれと言われていたので、そこで私はシャツとスラックスを脱いで東南アジアの海浜で愛用してきたビキニ姿になった。シシミンたちは、私のそういう姿を見ても、裸は見なれているから格別の関心を示さなかったが、文明を知って、それも保守的なミッションによって近代文明に接してきたウシとビナイの二青

年は、はっと驚き、眼をそらし、見てはならぬものを見たという顔つきになった。

これは悪いことをしたかなと思ったが、もう筏はシシミンたちの奇声に守られて流れていて、三人のシシミンが私を乗せた筏を押しながら、急流へ突進んだ。私は渦の中で筏がぐるりと一回転したとき、眼をつぶり南無八幡大菩薩と一瞬は覚悟をしたのだが、シシミンたちは一際声高くシングアウトして、対岸へ無事に辿りついた。振返ってみると、出発した地点から三十メートルも川下に到着していた。

濡れているビキニの上からシャツとスラックスを着て、運動靴などで身がためしているうちに、泳げない通訳も泳げる通訳も着いて、フィアウを先頭にポリス二人を従えて、女二人は悠々と山道を歩き出した。

間もなくジャングルに来た。私がモタモタし始めると、フィアウが手をさしのべて、私の手をひいてくれた。

「あんた、光栄やね」

畑中さんが冷やかす。だが私としては先刻の渡河訓練ですっかりもう参っていたのだ。口もきけないほど疲れていて、ああまたうかうかとジャングルへ来てしまったと後悔しきりである。

山の頂上に新築の家があった。床があって、そこに四つも切り炉がある。驚いたことに暇をとったテアテアがその片隅で焼き芋を食べていて、ひどく気のない顔で私たちの方を眺めていた。

「ここが女の家？」

「フィアウがそう言うんやけどね、おかしい。女がいなくて、男がいるやないの。またゴマかしにかかってるわ」

畑中さんは通訳を叱咤激励して、それから幾度もフィアウと渡りあい、私たちはその都度方向を変えて、あちらへ行ったり、こちらへ行ったり、うろうろとさまよい歩いた。どうもフィアウが、私たちを案内したがらないもののようだ。それを畑中さんは、猛烈な勢いで怒鳴ったりすかしたりして、追い立てる。到頭フィアウの方が根負けして、正真正銘の女の家の近くまで着いたときには、私は空腹と疲れでふらふらになっていた。

「ここから先は、男は行かれへんのやて。あんたと私だけで行こう」

フィアウの娘だという妙に人なつこい女の子が案内してくれた。近くに小さな渓流のせせらぎが聞こえるブッシュの中を降りて行く。途中で、痩せこけた婆さんが待ち受けていた。片手に一歳ぐらいの子供を抱いている。

「フィアウの第一夫人よ」

私は彼女とフィナーニ・ロイヤーネと挨拶を交わしながら、あまりにも相手が皺だらけなので、訊き返さずにはいられなかった。

「幾つぐらいなのかしら、このひと。梅干みたいじゃないの」

「それでも私らより十は若い筈よ。熱帯は、人間が早熟なかわり、老けるのも早い。まあ女と生れたら、こうはなりとうないわねえ」

こういう原始社会でも日本の古代のような物忌の風習があって、出産用の仮小屋が作られ、女ばかりでその苦難と出産の喜びを分ちあうのだろうか。私たちがようやく尋ね当てた「女の家」は、家とも小屋とも呼び難い、小さな片側屋根だけの粗末な小さなものであった。

フィアウの第二夫人は、その小屋から外へ出て、大きな美しい眼で私たちを歓迎してくれた。なるほどヨリアピでは最高の美貌だった。彼女の腕の中で、生後七日目の赤ん坊が網で作った袋の中に入ったまま眠っていた。小さいが健康そうな赤ちゃんだった。

畑中さんがシシミン語で喋り出した。まだ通訳が必要なときで、十分な単語は集めきれていないのだが、それでもなんとか通じるらしくて、話のやりとりができているらしかった。私にはチンプンカンプンで何のことやら皆目わからない。

「ええと、ええと、うん、そうや」

畑中さんは途中でうろうろして隣に坐っている私の顔など見たが、そこで肯くと、いきなり私の足首に手を当て、

「あんた、傷ないか？」

「え、なんの傷？」

なんのことかわからない私がまごついている間に、畑中さんは私のスラックスの裾を押しあけて、私の足にある掻き傷に、いきなりツメを当てた。

「痛い！　どうするの？」

「血ィや、血ィや」

畑中さんが、血液という単語を採取しようとしていることに咄嗟に気がついた私は、ようやくカサブタのできた傷口を勢いよく掻きむしり、まわりを押えて赤い血を流してみせた。第一夫人も、第二夫人も、ようやく肯いて、口々に言葉を言い、それを畑中さんはフィールドノートにメモをとる。

その頃になってようやく私は畑中さんが、性に関する用語や習慣をこの機会に採集しようとしていることに気がついた。他民族と接して、調査する上で一番難しい部分であることを後になって私は知った。

生後七日目の子供は女の子だった。第一夫人が抱いているのは男の子だった。そこで男女の性器の呼称は採取できた。畑中さんは立上がり、高い天を指さし、更に指先で小さな輪を作ってみせ、それが次第に傾くさまを実演してみせた。太陽のことだろうか、月のことだろうかと私が考えている間に、第一夫人と第二夫人とが顔を見合わせて肯きあい、第二夫人が仕方話で説明した。

「おかしいなあ」

畑中さんが途方に暮れた顔をして、私を省みた。

「私は月経のことを聞きだそうとしてるんやけども、この人たちは川へ流した、川へ捨てたと返事するんや。どうなってしもうたんやろか」

「お産の話だと思ってるんじゃないの？」

「子供は生れて、そこにいるやないの。川へ捨てるわけがない」

「だから胎盤のことじゃないのかしら」

「胎盤？」

「赤ちゃんを産んだあと、胎盤が出るのよ。このくらいの血の塊りだわ」

「ふうん」

畑中さんは不本意な顔をしながら、ノートをひろげて胎盤のシジミン語を記録した。畑中さんとしては、胎盤より女の生理の基本から知りたいらしく、女の子が少女から大人に成長するときに始るもの、とか、一カ月に一度女にだけ起る現象とか、さまざまに説明し、私も及ばずながら手伝ったが、到頭その目的は達せられなかった。

振返ってみると、フィアウが心配でたまらないらしく、山の天辺にある小屋から顔だけ突出して此方をうかがっている。幾度も彼の娘が往復して、どうやらもう戻ってくるようにと催促したらしかった。が、畑中さんは知らぬ顔だ。

私が帰りましょうかと言い出せば叱られるにきまっているから、フィアウの夫人たちが畑中さんの相手をするのにやがて飽きるまで、私は身を縮めて待っていなければならなかった。

やっと畑中さんが腰をあげたとき、私はほっとして言った。

「随分沢山の言葉が取れたようじゃないの。よかったわね」

畑中さんは満足していなかったらしい。

「本物の血を見せて訊いてもねえ、赤と答えたのか、傷と答えたのか、痛いと言うたんか、いろいろ別の機会に照合してみてからでなければ本当に血のことかどうか断定は出来ないのよ。私ら、作家のように当てずっぽうは書けませんからね。ああ、もどかしい、何より言葉の修得が先決や。もっと自由に喋れるように早うなりたい」

まったく大変な仕事だなあと、私はほとほと感心していた。彼女の言う通り、小説書きなどの及ぶところではない。私は立上がって、さっき血を出した傷あとに申訳のように唾をつけた。

21

畑中さんが御殿の中で分厚い原書のページを繰って考えこんだりしている間、私はあまり彼女の目に立たない片隅に椅子を運んで、パンツを縫い続けていた。そういうところへ、よくシシミンが一人で顔を出すことがある。

「ウオネム（なにか）」

詰問すると、彼らは習い覚えたばかりのピジン（語）を使って、

「ミー・ペイン（痛い）」

と言って、這い上がってくる。

たいがい外傷が膿んでいて、痛さに耐えかねてやってくるらしかった。私は畑中さんには勉強をさせてあげたいと思ったので、傷の手当てなど私にできることは私がやるつもりになり、血や膿など東京では見ても気が変になるのに今は死にものぐるいで、水で傷口を洗い、消毒液で拭い、流れている血膿を脱脂綿に吸取らせて捨て、傷薬を塗り、ガーゼを当て、絆創膏で止めた。

「あかんよ、そんなやり方では。ブッシュ（藪）に入ったら、すぐに取れてしまう」

畑中さんは私の手ぬるいやり方が気にいらなくて、いらいらしていたが遂に口を出し、やがて手を出して、そっくりやり直してしまう。小さな傷でも包帯を十分すぎるほど巻きつけて、二、三日はジャングルを飛びまわっても取れないようにしてしまう。

足の裏や、足の指の傷が、泥の中の黴菌で化膿して、手がつけられなくなっているのも、よく来た。淋巴腺がはれて、相当悪化しているのも来る。私などはその凄さにしばらく呼吸を忘れてしまう。

「病気かもしれんからね、あんた素手で触らんようにして頂だいよ。ピンセットとお箸(はし)でやりなさいね」

「病気？　そんなもの、こんなところにあるの？」

「ごろごろしてますよ」

畑中さんの手はまめに動いて、どんな大きな傷でも、さっさと洗滌(せんじょう)し、薬を塗りつけ、包帯をぐるぐると巻きつけて行く。多いときには一日に、四、五人もたてこむことがある。ときには化膿止めのサルファ剤も与えなければならないような重患があらわれる。本も読めなければ、フィールドワークも出来ずに患者の手当てだけに追われる日さえあった。

その作業は、密林の聖女とでも呼ぶべき尊い善行であったが、畑中さんの口からは、絶えず聖女に似合わない乱暴な言葉がほとばしり出ていた。

「言うとくけどね私はこんなことをするために、こんな山奥へ来てるんとは違うんやで。あんたらがペイン、ペインと言うたびに、私は何も出来んようになってしまうやないか。なに？　痛い？　生意気言うな、我慢しなさい」

病人の面倒はつくづくやりきれないのだが放っておけない性分で、だから畑中さんの文句にはぶっつける相手がいない。手当てを受けているシシミンたちは、畑中さんがどうぽんぽん言っても日本語だから意味が分らない。病気を癒(なお)すための一種の呪文だと思っているのかもしれなかった。

「ポリスのところにも政府からの薬が揃ってるんやけどねえ、シシミンはミセズの薬の方がよう効くというて、こんな具合にやって来るんよ。ああ、何もできへん、迷惑のかぎりや」

「大変ねえ」

「未開人は、文明人をまず病気を癒すという点で認めてくれるんよ。誰からか聞かされるんやろねえ。私が此処（ここ）へ来たらすぐから病人が来たわ。以来、ずっとや」

「歯磨粉つけても癒るという冗談をよく聞くけど」

「うん、薬に対して白紙の状態やから、面白いほどよう効くときがあるわよ。そやから外傷は、まあ気が楽やねんけどね、これが助かる筈（はず）もない重症患者が担（かつ）ぎこまれるようになったら大変や。私はそういうときはパトロールにさっと出かけて、逃げてしまうんよ。投薬中に死にでもしてごらん、私が殺したというて逆恨（さか）みされるにきまってる。ほな、私の命が危ない」

まったく怖い話だった。畑中さんは更にまた、もっと怖い実話を聞かせてくれた。

この前十日ほどパトロールに出かけたところ、さる集落で下半身が腫（は）れ上がった重病人に薬を与えてくれろとせがまれた。どうせ助かるまいと思ったが、ともかくサルファ剤を一回分だけ渡して次の集落へ出発した。ところが、次の集落へ到着したところへ、投薬直後、病人の尿が止って苦しみ出したという急報が入った。

「サルファ剤で尿が止るはずがないやろ？　それでも、私のやった豚を食べて二カ月たって人が死んでも、ミセズのスピリットのせいやということになるんやから、怖ろしい」

「その病人はどうなった？」

「死んだやろうと思うわ。私が見たとき、もう半死半生やったんやからね。こういう未開社会の調査に入る前には医学の基礎知識を身につけておかんといかんなあと、つくづく思った」

「薬をあげた上に恨まれるのは、かなわないわね。でも、あなたのスピリットに当ったという表現がシシミンにあるのなら、この種族には占いとか呪術とか、巫女のようなものがいるんじゃないかしら」

「それが、この先三年間で摑めたら私の研究も大成功なんやけどねえ。そこまで入るにはシシミンの精神生活に入りこむのが必要で、時間もかかるし、よほど親しくならんとねえ。むずかしいんよ」

マシュウ夫人が赤ん坊を抱いて入ってくると、畑中さんは粉ミルクの缶をあけて、湯ざましで溶いて与える。畑中さんの食生活は前にも書いたように貧しいのに、与えるときは実に気前がいいから、私はハラハラしてしまう。

「それでもあんた、この子がここまで育ったんで、私はほんまに嬉しいわ。来たばかりの頃は母乳が足りなくて、干物みたいな赤ん坊やったのよ。今にも死ぬんやないかと思うて、あのときは何も手につかなかった。こらッ」

畑中さんが、話の途中で女たちを怒鳴りつけた。

「親が食べたらいかん！　大人の食べるものやないというてるのがわからんのか！」

赤ん坊に与えたものを、女たちが舌つづみを打ちながら味見をしているのに気がついて、畑中さんは叱っているのであった。

「目が離されへん。そやから、赤ん坊はいちいち連れて来させて、私の目の前でミルクを飲ませるようにしてるんよ。それでもこうやからねえ。ほんまに、しようがない」

畑中さんの言葉は、顔や態度と裏腹に乱暴なのだが、シシミンたちは日本語が分らないから、なんと怒鳴られても怖れる気配もなく、畑中さんに慕い寄り、御殿の床にペタンと坐った女たちは、憩(いこい)をとっているようにのうのうとしていた。

これだけ愛されているのは、畑中さんがヨリアピでどんどん根を張っている証拠なのだが、畑中さんは人が傍にいると仕事に集中(コンセントレート)できないと言って、いらいらしはじめ、やがてまたしばらく怒ったり、叫んだりする。

「ああ、みんなが私を馬鹿にしている。私が女やと思うて、なめてるんよ。ヒゲでも描こうかしらん！」

「野豚の牙を鼻にさしたらどうかしら。案外似合うんじゃない？」

「あの牙をかァ？　それは嫌やァ」

そこで畑中さんも吹出して、それで機嫌を直してノートを片手に外へ飛び出して行ってしまった。

畑中さんは、よく怒る。一日に二度も三度も怒髪天を衝く、という形容がふさわしいような有様になって、外から御殿へかけ戻ってくることがある。私がパンツを縫っている目の前を、床踏みならして横切り、ロビーに立って天の一角を睨み上げていたりする。

「どうしたの？」

「ちょっと黙っていて頂だい。私は今、激怒してるんや」

それは一人の人間が、ニューギニアの大自然と真っ向から戦っている闘志そのものに見えた。ここで一人暮すには、こうした激しさがなければならないのだろうと、私は感嘆して、黙って畑中さんの怒りの鎮まるのを待っていた。ニューギニアにもぐりこんでいる人類学者は数いるといっても、その資質と気力の点でニューギニアに向いている学者が畑中さん以外には滅多にいないのではないかと私は思った。この激しさがなければ、とてもこんな蛮地に三年も四年も過ごせるわけがない。

「手伝ってよ、有吉さん」

いつの間にか畑中さんは、貯蔵庫から釣用のテグスを持出してきて、適当な長さに切ろうとしているのだった。テグスの片端を持ちながら、

「だれがこれを欲しいと言い出したの？」

と訊(き)くと、

「通訳や。勤務中に、言い出したんやで。自分の職分を何やと心得ているのか。キャプに報告して処罰させてやろうかしらん」

「今度の通訳はウニャットよりよく働くと言ってたじゃないの、あなた」

「それがだんだんウニャットに似てくる。私を女やと思うて馬鹿にしてるんや、なめてるんや」

畑中さんは猛(たけ)りたちながら、寸法に切った釣糸に釣針までつけているのだから、まったく可笑(おか)しい。

「欲しいと言う度に与えるから、こういうことになるんじゃないの」

「あるのを知られてるから、無いと言えんしねえ。くれと言うのに知らん顔してたら、買うと言い出すんよ。私がネイティブからお金をとらんのを知ってて言うんやから悪質や」

私を相手に悪口三昧(ざんまい)して、それで気が晴れたのか、釣糸を輪にして巻上げると、畑中さんは身軽く再び戸外へ飛び出して行ってしまう。

畑中さんがこういう具合に外で怒りの種をひろい、わあっと発散しているときは私もまずまず無事だったのだが、爆発し損って御殿に帰って来た畑中さんには、この無能な侍女はときどき持て余すことがあった。

何が気に入らないのか、畑中さん自身がよく分らないときには、私が矢面(やおもて)になってしまうのである。それでも畑中さんは、私には一応気をつかってくれていて、

「あなた気ィ悪うせんと聞いてね」

などと言い出し、

「いいわよ」

と肯(うなず)くと、

「私は一人になりたい！」

と大声で叫んだりするのである。

これにはまったく閉口した。私が邪魔者であることは日を追って明らかであり、私もこういう未開地では手も足も出ない自分の無能さに情けなくなるよりも我ながら呆れ返っていた。帰りたい、と何度思ったかしれない。しかし帰るには、あの山坂を這いまわらねばならないのだ。しかも戻りの方が上りが険しいのである。死んだ野豚のように担がれるのは、体力を回復した今ではやはり人間としての誇りがあって潔しとしない。帰り道で、前よりも畑中さんに迷惑をかけることだけは、避けたいと思い、

私は隠忍自重して帰れるだけの体力を蓄えることだけを心掛けた。

足の爪が、まだ痛い。この痛みが止まらなければ、歩き出して二日目に、私はまた伸びてしまうだろう。

私がヨリアピで出来る唯一の仕事としては、パンツを縫うことが残されていた。私は終日、黙々として型紙を展げ、布を断ち針を持って縫い続けた。

「あんたの縫うてくれたパンツ、着てるのがふえたわねえ。ヨリアピの制服みたいになってきたわ」

「畑中一家ね」

「それにしても、あんた何枚縫うてくれたんやろか。マナマには二枚やったし、マシユウの弟と、それから……」

畑中さんはパンツを与えたシシミンの数を指折り数え、私の手許に残っているパンツを数えて、

「十一枚！　あんた、まあ」

と呆然とした。

十一枚とは私も今更ながら驚いた。縫いも縫ったりだなと感心していたら、畑中さんが大声で叫んだ。

「阿呆にハナかめと言うたら、鼻血が出るまでかむというけど、あんたもその口やね

え」

よりによって、なんという挨拶だろうと、さすがの私も開いた口がふさがらなかったが、あんまり比喩が凄いので、次の瞬間には笑い出していた。畑中さんも笑い、しばらく二人でおなかが痛くなるほど、けたたましく笑い続けた。それにオムの流れの音が和し、空に響きわたるような気がした。私は大自然の哄笑（こうしょう）の中に自分が包まれているような錯覚を覚えた。

ひとしきり笑ったあとで、私は気をとり直して、もう一息で仕上がる十一枚目のパンツの仕上げにかかった。鼻血が出るまで、か。この強烈な言葉は印象的だった。一針一針ごとに、私はそれを縫いこめ、やがてふと針を止めた。

私は小説というものにとり憑（つ）かれている女だ。鼻血が出るまで書こうと思い詰めている阿呆に違いなかった。しかしニューギニアにとり憑かれている畑中さんは、こんなところで何年も暮していて、万一本当に鼻血が出始めたら、いったいどういうことになるというのだろう。暑熱の午後、私は慄然（りつぜん）とし、それまで流れていた汗が、ぞうっと冷えて行くのを感じていた。

22

私がヨリアピにいた間の、日常茶飯の出来ごとを、これまでの調子で書き続けたら、それこそキリがないのだが、私は私がほんの一カ月だけ覗き見したニューギニアの未開社会について、物知り顔して書くことにはためらいがある。なぜならヨリアピは、文字通り畑中さんのフィールド（分野）であって、一人の文化人類学者が生命を賭して調査している聖域なのだ。ふらりとやってきた作家が、ことごとしく書き立てるのは学問に対する冒瀆でもあろうし、これから更に三年、じっくり腰をすえてかかる畑中さんに対しても失礼というものだ。

だから私は、主に畑中さんと私の二人を描くことによって終始してきたつもりである。私の愚かさを天下に喧伝するのは本意でなかったが（これが私の作家としての威信を落したのは、今になって悔まれる最大のものである）、私がニューギニアで再発見した畑中幸子さんのことは何かに書き止めておきたかった。

畑中さんはこの（一九六八年）秋からＡＮＵ（オーストラリア国立大学高等研究所所

員）に就職して、そこから月給がもらえるようになり、しかも研究が続行できるという畑中さんにとって最高の条件が揃った。もうあんなものすごい貧乏な生活とは縁が切れるのである。それを読者に報告すれば、私の役目は終ったことになる。

後は、いかにして私は帰ったか。

帰った私に、何が待ち受けていたか。

この二つを書いて筆を措くだけだ。

さて、いかにして私は帰ったか。

それは、ある日、突然、天から降ってきた。

その日、私は、もう十一枚以上のパンツを縫う気になれなくて、棚の整理か何か、ともかく何かしていた。畑中さんの勉強している傍で、何もせずにいつまでぼんやりしているほど私は神経が太くない。

外でシシミンたちのシングアウト（奇声を発する）が聞こえた。ポリスたちも小屋から飛び出して、大声をあげている様子だ。

「何かしら」

「さあ、何やろねえ」

外へ出てみると、ポリスが天を指して何事か叫んでいる。バルス、バルスと聞こえたが、その単語の意味が分らぬままに空を見上げると、驚いたことに、ヘリコプターが飛んでいるではないか。

ウシの傍へ駈けよって、

「あれは何処から来たの？　何処のヘリコプター？　政府のか、ミッションのか」

と質問を浴びせかけたが、ウシは当惑して、

「ミー・ノーサベ（知らない）」

と答える。

しかし、この山深いところで、文明の利器が飛んでいるのを見つけたときの喜びは、こんなに強いものだったろうかと、自分でも驚くほど、私は興奮して、夢中で手を振っていた。口からは、いつの間にかネイティブたちのシングアウトに似た奇声が湧き出ている。

ふと気がつくと畑中さんも飛び出していて、わァわァ叫びながら両手を振っていた。私たちは日本にいたときとは別人のように、もうかなり陽灼けしていたのだが、それでも着ているものの色調からしても、ネイティブの一群の中でも目立ったに違いない。

ヘリコプターの方は、いったい何の目的があって、こんなところへ飛来しているのか、私たちの方も分らないかわり、当のヘリコプター自身も何か自信なげに、オムの上へ降りたり、また舞い上ったり、ぐるりと回ってみたり、なんだか頼りなげに、ふらりふらりと飛んでいた。やがて、それは手を振っている私たちの上へやって来ると、

赤い帽子を冠（かむ）った白人が、身をかがめるようにして地上の様子をうかがっている。私は更に夢中で手を振っていた。

すると不思議なことに、ヘリコプターが空中でしばらく立止ったのである。ポリスたちは、ヘリコプターをバルスと呼んでいたが、バルスというのは飛行機のピジン語で、彼らには飛行機とヘリコプターの違いが分らなかったのであろう。しかし私の方も、ヘリコプターが空中の一点にじっと佇（たたず）むなどという器用なことができるものだとは、このときまで思わなかったのだから世話がない。手を振っている私たちに、白人の操縦士が片手をあげて挨拶しているのが見えた。

そのまま飛んで行ってしまうかに見えたヘリコプターが、草原の中に着陸したのは二度目の驚きだった。ネイティブも私たちも、走って行き、遠巻きにしてヘリコプターを囲んだ。

まだ頭上の大きなプロペラが完全に止らないときに、操縦士はドアを開けて、私たちに大声で問いかけてきた。

「英語が話せますか！」

私たちは声を揃えて叫んだ。

「イエス！」

やがてプロペラを止め、中の機械のスイッチを止めた操縦士が、微苦笑しながら出てくると、まっ直ぐ私たちの前に来て、言った。

「アイム・ロースト（道に迷いました）」

私たちは笑い出した。道理で、さっきから飛び方が覚束なげで様子が妙だった。

「この川が、イエロー川ですか？」

畑中さんが答えた。

「違います。それはオム川です。イエロー川は、あっちの山を越した向う側を、こういう具合に流れています」

「ああ、道理で分らなくなったのです。私たちが作成中の地図では、オム川がこんな大きなものとは思えなかったので」

「地図を作っていられるのですか」

「そうです」

「それなら私がこれまでパトロールして作成した地図を見て頂けませんか。俯瞰した場合との距離感を照合して頂けると幸いです」

「それは私どもにも大変有りがたいことです。是非、見せて下さい。私はＳＩＬ（聖書を各国語に訳す団体）という団体の一員です」

「私は日本の文化人類学徒です」

二人が名乗り合い、たちまち意気投合している横で、私は後を振返り、呆然とした。

ヘリコプター。

私が渇仰してやまなかった文明の利器ヘリコプターが、今この目の前にある。それは天国から地獄へ、偶然にすーッと下がってきた一条の蜘蛛の糸にも似て、私には七色の光彩を帯びて見えた。

私は御殿の中に駈け上ると、もう地図をひろげて熱中している二人に、必死で声をかけた。

「あのォ、お茶を御一緒にいかがですか？」

畑中さんも、このときはっと気がついたらしかった。そうやっと、彼女は小さく叫んだ。

「お茶は私が淹れるから、あんた早う支度しなさい。その間に私が上手に話してあげる」

「お願い、ね」

私は私の寝室に飛込むや、木綿の大風呂敷をひろげて、まずパスポートと航空切符、それから虎の子のドルと衣類を投げこんで、大急ぎで一つにまとめた。私の私有品で帰るのに必要なものだけと限れば、片手で持てるほど小さなものになったのであった。

とっておきのケーキの缶詰を切り、紅茶と共にすすめると、彼は、ここでお茶が飲めるとは思わなかったと言って上機嫌だった。

「オクサプミンは何処か分りますか」

「オクサプミンなら、私でも分りますよ。ここを飛上れば、一直線で、あの山の上にあるのですから」

「この人を乗せて行って下さいませんか。日本では作家としていくらか名のある人ですが、ニューギニアでは全く無力で、帰るにも帰れなかったのです」

畑中さんが要領よく私を紹介してくれた。私は息を詰めて、彼の返事を待った。駄目だということになれば、すがりついて哀訴嘆願するつもりでいた。SILはキリスト教ミッションの一つだから、よもやそんな薄情なことはするまいとも思ったのだが、

「お安いことですよ」

と、彼が事もなげに肯いたとき

には、拍子抜けがして、私はお礼の言葉もすぐには出ないほどぼんやりしていた。

天から降ってくるのは雨や雪でなければ災難と相場がきまっているのに、このときの幸運と偶然は、なんと表現したらよいか分らない。ありきたりの言葉だけれども、事実は小説よりも奇なりという、つまりハプニングが、私をしてヨリアピからオクサプミンへ、あの山坂越える苦難から救いあげてくれたのだった。

いよいよ私が操縦席の隣りへ坐って、ヨリアピを離れると事がきまると、急に畑中さんは涙ぐんで、

「あんた帰るんやなあ、行ってしまうんやなあ」

と心細げなことを言い出した。

黙って、私は彼女の手を握りしめた。そこで畑中さんは、別れの言葉を私に贈ってくれた。

「あんた、ちょっと強かったようなやけど、東京へ帰ったら、またすぐニューギニアが恋しになるわよ。ほな、また、おいで」

私は、それに答える言葉がなかった。やがてドアを閉じ、プロペラがまわり始めると、ヘリコプターは畑中さんやポリスたち、それに大勢のシシミンの歓呼の声の中から、あっという間に飛び上って、もうすぐ誰も見えなくなってしまった。

ヘリは、私が三日がかりで死にものぐるいで歩いたジャングルの上を、なんの苦も

なく一直線に海抜六千フィートの高さにあるオクサプミンの空港めがけて飛んだ。セスナよりもっと小さいのに、小揺ぎもしなかった。そして、たった十数分で、私の躰(からだ)は、オクサプミンに降り立っていたのである。私は夢を見ているのだろうかと、頬でもつねってみたい衝動にかられていた。歩かずに、此処へ戻れたという奇跡が、しばらく信じられなかった。が、まぎれもなく、ここはヨリアピではなかった。川音が聞こえない。人々はパンツをはいている。ポリスの数が多い。私は一カ月前に会ったキャプが、こちらへ歩いてくるのを見つけると、叫び声をあげた。

「あなた、どうして止めてくれなかったんですか！　あんなところ、普通の女が歩いて行けるところじゃありませんよ」

十九歳の白人キャプは、にやにやしながら、僕もまだ出かけたことがなかったので、と告白した。私の無鉄砲さの方が可笑(おか)しかったらしい。

定期便のセスナを待ち、それでウイワックに出ると、私はすぐ電報局へ駈けこんで家に電報を打った。「ウイワックニモドッタ　アンシンセヨ」そうすると、自分まで随分安心しているのに気がついた。

「ほな、また、おいで」か——。畑中さんが別れるとき涙ながらに言ってくれた言葉を思い出したが、私はほうほうの体でヨリアピを脱出したのであり、幸運に恵まれて奇跡的生還を遂げたのである。東京でどのようなことがあっても、とても、もう一度あの山奥へ出かけたいと思うとは思えなかった。

ウイワックからポートモレスビーへ飛び、そこから飛びに飛んで北半球の香港へ着いたのは四月上旬であった。長い交際のある日本人の家で厄介になり、そこの食膳で、イワシの丸干しと漬物を見たとき、ああ、これは畑中さんに食べさせてあげたいと思った。俄(にわ)かに熱いものがこみあげてきて、初めて、ああ別れたのだ、と思った。

香港まで、私は無我夢中で逃げてきたというのが実感だった。そこで私を歓迎してくれた日本人たちに、ヨリアピで見たことと感じたことを少しばかり洩(も)らしただけで、彼らがケタケタと笑うのには、私はかなり失望した。私にとっては九死に一生を得たような事件であったのに、笑うとは何事だ、笑うとは。

私が急に不機嫌になったので、人々は理由が分らなかったらしい。しかし、一人が笑いを噛みしめ、呑みこんでから、真面目な顔つきに戻ってこう言ったとき、私は爽快な気分をとりもどした。

「いや、しかし、その女性は、まったく豪傑ですなあ」

本当にその通りだと私は我が意を得て肯き、

「傑物ですよ。私にとっては未開社会そのものより畑中さんをニューギニアで見た方が大きな収穫でした」

と答えた。

私にとって大変なことが、畑中さんには大変でも何でもなかった。私にとって辛かったことが、畑中さんには痛くも痒(かゆ)くもなかった。私は何度か泣きたかったが、畑中さんは怒るだけだった。畑中さんは小柄だが強く、私は大きいのに弱虫だった。私は、丸干しのイワシをしみじみと眺めながら、これをなんとかヨリアピへ送る方法はないかと、そんな思案ばかりしていた。一つ屋根の下で一カ月も共に暮した後なのである。しみじみと畑中さんが懐しかった。別れの寂しさが、胸に迫っていた。

23

日本へ帰ったら桜がちょうど終ったところで、それにはがっかりしたが、その代り私の家の小さな庭では、椿、木瓜、雪柳、連翹が次々と花開いて、私は日本で大歓迎を受けているような錯覚の中でいい気持だった。

ふと、ああヨリアピでは、花を見なかった。一度も見なかったと思い出した。ウイワックでは熱帯の花が絢爛と咲き、粘っこい甘美な香りがあふれていたのに、山深いヨリアピでは草花の種も蒔いたが芽が出ると虫が食べ荒すのだと畑中さんが言っていたのも思い出した。ああ、この花を送ってあげたい、と私は、まるで恋人と別れた後のように、事にふれて畑中さんのことを思い出していた。

子供の手をひいて、近所の寺の縁日に出かけたとき、タワシとオシャモジを見つけると血相を変えて幾つも買いこんだのも今考えてみるとおかしい。ニューギニアで食後の食器を洗うとき、タワシがほしいと何度も思い、御飯をよそうときスプーンよりオシャモジを使いたかったと何度も思ったからである。大量に買込んだタワシとオシャモジを航空便で送ってから、ようやく人心地ついて、畑中さんは受取って変な気がするだろうなと思うとおかしかった。ニューギニアの一カ月で、大分バランスの崩れている自分に、ようやく気がついたのである。

帰るとすぐから私は忙しかった。ニューギニア紀行を「週刊朝日」に連載することになったのだが、何しろ紀行文はこれまでに主義として書いたことがないし、書くつもりで出かけて行ったわけではないし、メモもない。書けるかどうかと不安で、落語の権兵ヱの酒みたいに飲めるかどうか五升先に飲んでみようと、十回分ためしに書いてみた。すると、書ける。小説と違って、何しろタネがあるのだから、すらすらと書ける。

調子にのって書いていると、そこへ頭痛が激しく襲いかかってきた。しまった、書き過ぎだと気がついた。まる三カ月、書くことから離れていたのに、いきなり筆をとって百五十枚も書いたのだから疲れるのは当り前だ。そこで頭痛薬を飲んだ。毎日、飲んだ。一日に、二、三回飲むようになった。

風邪をひいたかと思い、私は舌打ちをした。日本に帰るとすぐこれだ。外国へ出かけると健康そのものなのに、日本へ帰ると、すぐこれだ。羽田を飛び上ったときから一粒も飲まなかった風邪薬を飲んだ。これも毎日、飲んだ。

最初の発作は、四月二十九日の天皇誕生日に起きた。

夕方近く急に寒くなったのである。来客中だった。この部屋お寒くありませんかと客に訊くと、今日は暖かいという。すっかり春ですねえと上着を脱いだ人もいた。しかし私の全身は、冷えに冷え、掌と足の裏は氷がはりついたようになって、指先に感覚がなくなった。手の甲を眺めると、まっ青だ。しかし客が何も言ってくれないので、我慢して話しているうちに、しばらくすると今度はがあっと全身の血が沸騰したように熱くなってきた。

「ああ、いい顔色になりましたね。さっき蒼いなあ、顔色が悪いなあと思いましたが」

そう言って客たちが帰ったあと、どうもふらふらするので体温計を腋の下に挟んでみたら、四十度になっていたので、びっくりした。ただちにアクロマイシンを飲んで眠ってしまった。

翌朝は平熱になっていたが、疲れ方が激しくなり、顔色が青く、風邪と似た症状で、しきりと痰が出た。痰の色が鮮やかに緑色をしている。風邪薬を飲み、耳鼻科で吸入などをしてもらったら、痰の方は二日でおさまってしまったので、少しも気にとめなかったが、これは前駆症状だったのである。

中三日ほどおいて、また熱が出た。三十九度五分だった。近所のお医者さまに解熱剤を注射して頂いたら、滝のような汗が出て、夜中にはケロリとしていた。熱がさがると、猛烈な食欲が出て、これがちょっと不思議だったが、ともかく、それでまたしばらく平熱の日が続く。

その次の発熱は、かっきり午後五時に寒気がして、それから一時間後には四十度前後になるという奇妙に規則正しい状態で、三日も四日も続いた。

マラリアではないかとすぐ思ったのだが、戦中戦後にマラリア患者を扱ったことのあるお医者さまは誰もマラリアはこんなものじゃない、ベッドがきしむほど震えがきて、熱だってもっと高くなりますと仰言(おっしゃ)った。私は次第に不安になった。名も分らない風土病を、私は背負って帰ってきたのだろうか。マラリアでないのなら、では何の病気かという結論が、なかなか出ない間、私は次第に決意していた。朝から午後五時まで、平熱でケロケロしているのだ。しかし鏡を見ると、私の眼はぐいと奥にめりこんで、青い頰はこけ、幽鬼のようだった。病原不明のまま、私はやがて死ぬのだろうそうに違いないと思った。

それにしても、犬死とはこのことではないかと私は情なかった。私は何の目的もなく出かけて行ったのだ。そこでわけの分らない病気を持帰って死ぬのでは、事故と呼ぶにもまるで間抜けている。しかし私はまず遺書を書いた。

子供ができてから私は、いつも外国旅行へ出るときは、万一のことを思って遺書を書いておく習慣を持っていたが、このときは死が現実に眼の前に来ていると信じていたから、今になって読み返すと鬼気せまるものがある。内容は私の死後の子供に関することばかりであった。子供が十四、五歳になったら読まして下さいという別の遺書も書いて、その内容は詫状になった。迂闊なことで愚かしく死ぬのは、子に対して何一つ申訳の立つことではなかった。私はボロボロ涙を流しながら、許してほしいと書いた。あなたは親の轍を踏まず何事にも慎重に、行動を起こす前には人の意見をよくきいて、外国旅行も行き先をよく確かめてからにして下さいと、念を押してくどいほど繰返して書いた。

遺言状を封印すると、次の気がかりは書きかけている小説のことだった。「出雲の阿国」はどんなことがあっても書き上げてから死にたかった。

不安な表情を隠せないでいる見舞いの友人に、私はよく当るので評判の占いのところで、

「私がいつ死ぬか、訊いてきて頂だい。そして本当のことを教えてほしいの。それまでにどうしても書き上げたいものがあるから」

午前中は平熱で、疲れもないので、私は机に向い、髪ふり乱して書き始めた。出雲の阿国が私と同じ三十七歳で死ぬのも、何かの因縁かと思った。

熱が出るまでは小説を終らせるのに懸命になっていながら、熱が出始めると、来年から書くつもりにしているインドネシアが舞台の小説が、ぐいぐいと音をたてて構想

がかたまってくる。作家になったのは、業だなあと私は感心した。死ぬ前にともかく書き上げようと阿国に熱中しているのに、熱が高くなると次の小説を考えているのだから、これは陣痛と悪阻が同時にやってきたような具合だ。

それでいて私は、生きるための悶えも続けていた。畑中さんの担当教官である泉靖一先生に電話をして、熱帯病の専門家はいないものだろうかと御相談をした。お忙しい泉先生が、翌日いらして下さり、私の顔を見るなり、

「どうも、すみません」

とおっしゃったのには、恐縮した。が、同時に畑中さんは、こういう師を仰いでいるのか、幸せな人だと思った。私がニューギニアに出かけて行ったのは私の勝手で、そこで畑中さんにさんざん迷惑をかけ、帰って病気になったからといって誰を恨む筋もないのに、泉先生は愛弟子のところへ私が行って帰って病気になったのを、まるで御自分の責任のように御挨拶下さったからである。

「これはマラリアですよ、間違いありません。すぐ血液検査をなさることです」

泉先生の一言で力を得て、畑中さんの妹さんがマラリアの専門家と連絡をとって下さり、そこで私の血流の中に無慮三百十五億匹のマラリア原虫がウヨウヨしていることが発見されたのは、発病後一カ月たってからのことであった。それと前後して占いの方からは「長びくけれども決して死なない」という御託宣があった。

マラリアの予防薬はニューギニアにいる間ずっと週に一度ずつ畑中さんと一緒に飲んでいたのだが、その薬はポートモレスビーを飛び上るとき、さよォならと飲むのをやめたのがいけなかったらしい。理想を言えばマラリア地帯を出てから四週間は飲むべきなのだということだった。

脾臓（ひぞう）と肝臓が少々いたんでいた他に、血液中の赤血球は正常なときの四十五パーセントに減少していた。マラリア原虫は赤血球をどんどん食い荒すからである。日本人は、マラリア患者でも助かって帰った人の再発現象しか見ていないから、マラリアがときには死病となるほど怖ろしいものだということもあまり知らない。

私は、ともかく一命とりとめてから、マラリアに関する書物を読み、マラリアにも何種類かあって、熱帯熱マラリアと呼ばれる悪性のものは発病から二週間くらいでコロリと死ぬとか、現代医学でもまだ手のつけようがない部分のあることを知って、総身に粟立つ思いをした。私のマラリアは三日熱マラリアといって一番治癒し易い種類で、しかし他に例を見ないほどの濃密感染だったのだそうである。

「あなたは本当に運がいいですよ」

日本で数の少ないマラリアの専門家である東大病院伝染病研究室の海老沢先生が、もう熱の出るのがおさまってしまった私を眺めて、こうおっしゃった。

「発病から一カ月ときいたとき、僕はドキッとしました。悪性マラリアならもう手のつけようのないときです。三日熱マラリアだったのは、本当に運がよかった。これがバリ島だのベトナムで感染していたのだったら、助かっていないですよ。あすこのマラリアは熱帯熱という悪性のものですからね」

私は本当に運がいい、私はバリ島に行っていた。しかも毎晩、蚊のワンワン飛び交う寺院の境内などへ出かけて行ってバリの舞踊を見て過ごした。その頃はまだマラリア予防薬も飲んでいない。

その話をすると海老沢先生が首をかしげ、

「顕微鏡では三日熱マラリア原虫しか発見できなかったのですがね、念のために、もう一度採血してみます」

と、私の耳朶（みみたぶ）から血を取って帰って行かれた。私は山王病院に入院していたのであるが、唐松先生がその後で増血剤の点滴注射に来られたとき、その話をすると、

「薬を飲んで二日目からずっともう一週間も熱が出ていないのですし、後の血液検査ではマラリア原虫は全滅しているのですから、大丈夫ですよ。悪性マラリアなら、熱がこんなに下ってはいませんよ。海老沢先生も念のためと言われたのでしょう？　心配ありません」

と明快に解釈して下さったが、私はその結果の出るまでまる一日間、やっぱり私は死ぬのかと総毛立ち、まるで干物になってしまうような緊張で過ごした。

現在、こうして原稿も恙なく書いていられるほど健康を取戻した今となっては、総て笑って話せることになったが、私がようやく小康を得て、精神的にも解放されてから、死を決意して遺書を書いた話をしたとき、私の母が眼から涙を噴きこぼしながら、こう言ったのは、ちょっと忘れられない。

「私はあなたのどんな親不孝も、私の育て方が悪かったのだと思って我慢することにしていたけれど、親より先に死ぬ不孝だけは絶対に許すまいと思っていた」

マラリアではないと言われ、得体の知れない風土病で、このまま衰えて死んで行くのかと私が思ったとき、母も死ぬほど苦しかったのだ。頬がこけ落ちて、憔悴している母の顔を見て、私は本当に親不孝だったとしみじみ思った。死ぬと思い詰め、遺書を書いた頃、私は残して行く娘と小説のことで頭が一杯になっていたが、母親が悲嘆にくれるだろうとは小指の先ほども考えなかったのである。親の恩は返せない、というのは本当だなと私は思った。

親に不孝をした分は、私が娘に仕返しされるのだろう。とかく世間は回り持ちというのは、そのことだろう、きっと。私が小説を書く限り母には不孝をし続けることになるが（私の母は私が作家になったことを今もって快く思っていない。彼女はもっと硬派で、社会に直接役に立つ人間に私が育つことを理想としていた）、私は親に対して何も出来なかった分を子供に注ぐことでゆるしてもらおうと思った。

熱の出始めた頃、連絡することもあって畑中さんに手紙を出した。そのとき、ちょっと風邪をこじらせたのか熱があるので、今日は走り書きですと書いた。その返事は一カ月たって、私が山王病院でようやく生色をとり戻したところへ届いた。

ひろげてみると、勢のいい字が走っていて、「まだトマトがとれてるの、毎日一生懸命食べています」とか、「パティファイが、石鹼やパンツやマッチなど、ほしいもの全部手に入れたら、ぷいッとやめてしまったので、私はカンカンです。ポリスたちが、ユー・ストレートと言って、私に同情してくれています」とか、「フィアウが大蛇を届けてくれたのよ。あなたがあんなに食べたがっていたのに間に合わなくて、本当に残念ね」などと、その後のヨリアピのニュースが続いたあと、

「お熱が出たそうで心配しています。この手紙が着くころは、下っていると思いますが、あなたにも、やっぱりニューギニアの方が向いていたのじゃないかしらね」

という一文があった。

私は、熱のあるとき、畑中さんがあの山奥で同じ状態になっていたら大変だ、どうしようかと、それを心配していたので、この手紙で、本当にほっとしていた。彼女の妹さんも同じ思いだったらしい。

24

「姉はニューギニアは今度が三度目なんですけれど、前に二回帰ってきたとき、なんともなかったんですよ」

それなのに、どうして私一人だけ罹病(りびょう)したのかと、畑中さんの妹さんは不思議でたまらないという顔をした。彼女には、入院の前後、本当にお世話になった。ニューギニアでは畑中さん、帰ってからは妹さんと、姉妹に代るがわる面倒を見てもらった感じである。

「体質の違いというものがあるのだそうですね。有吉さんはマラリアにかかりやすい体質だったのかもしれません」

ニューギニアにいる姉上の身を案じて、妹さんはこういう結論を出したようだったが、私の考えは違う。私は確たる目的もなく出かけたので、まず気構えというものから畑中さんとは違っていたのだ。私の友人の中には、親不孝をした罰だというのがいるのだけれど、それはそうかもしれないと思いながらも、やはり精神力において、私はニューギニアに負けたのだという感が深い。

退院まぎわになって、出入りの呉服屋が花を持って見舞に来てくれた。

「羽田でお見送りしたときは、外国へ行かれるとばかり思っていたもんですから、ニューギニアと聞いたときは驚きました。お家へお電話したら、お母さまがお出になって、マラリアだって仰言るんでしょう？　私は飛び上がって、三日熱ですか、熱帯熱ですかってすぐ伺ったんです」

「あら、詳しいのね」

「だって私もニューギニアの傍へ行って、マラリアやりましたもの。右見ても、左見ても、ころりころりと士官も下士官も次々に死にましたよ。死んだのは、どんどん航空用のガソリンぶっかけて焼きました。その焔を思い出すと今でもなんとも言えません。熱帯ですからねえ、ほうっておくと、すぐ腐りましょう？」

酸鼻をきわめた物語をしたあと、彼は長嘆息をした。

「ニューギニアだなんて、あんなところは、私たちは戦争だから、兵隊だから、命令で、いやいやながら行ったところですよ。折角戦争放棄をした日本で、兵隊にとられる心配のなくなった御時世に、遊びや冗談なんぞで出かけるところじゃありませんよ。私が知ってたら、絶対お止めしましたね、ええ。私はまた外国だとばかり思っていたものだから」

「ニューギニアだって外国よ」

「いやァ、あなた様のおいでンなるところなら、ビルジングのあるところばかりだと思ってたんでさあ。そんな山奥へ入って、よくまあ無事で帰れたもんです。ニューギニアなんてのは、熱帯病の問屋みてエなとこですよ。私はアミーバ赤痢もやりました。一日に二十五回も便所へ通って、血便が出るんです。これとマラリアと同時に出たら、今の医学だって助からないでしょう」

「アミーバ赤痢は、どうすると罹るの？」

「生水飲めば、いっぺんですよ。あの辺は、どこの水ン中にも菌がウヨウヨいるんですもの」

ヨリアピで川の水を、終り頃は何の抵抗もなく平気で飲んでいたのを私は思い出し、悲鳴をあげて唐松先生に検査をして頂きたいと願い出た。先生は、もうそういう検査はあなたの入院と同時に一切やりました、心配はありませんよ、と事もなげに仰言った。

もう退院してもいいという頃になって、母が私も少しは休息したいから、もうしばらく病院においてもらえと言ってきた。もっともなことだと思ったので、私はしばらく逗留させて頂くことにし、そこでぼつぼつ外出などして体力の回復の小手試しをした。その一つに、友人についていてもらって、国立劇場の「合邦」の通し狂言を見物に行った。

席は花道のすぐ横にあった。美しい俊徳丸が、若い継母に横恋慕され、毒酒のために癩に冒される。左の眼のまわりが紫色の痣になっている俊徳丸が花道を歩いて通ったのを見て、私はニューギニアに病人がごろごろいるのを思い出し、もう少しで悲鳴をあげるところだった。

「癩病って、現代医学で癒る？」

私は、おそるおそる隣席に囁いた。

「うん、癒るよ」

もしその人が、そう答えてくれたのでなかったら、私はもう観劇どころではなくなっていただろう。

私は本当に運がいい。そう思うことが、今になって数々ある。

まず私は破傷風の予防注射をして行かなかった。カンボジアで知りあった人から、ニューギニアに出かけるのに、破傷風の予防をしていないのかと呆れられ、その注射をしようと思ったら、別の人からあれは副作用がひどい（もう今の医学では、こんなことはないのだが、考えてみるとそう教えてくれた人は、三十年前の話をしたのだった）というので、やめてしまった。大草原で切り傷だらけになっていたのに、虫にさされた後は何度も掻き破っていたのに、そう思うと寒けがしてくる。破傷風にならなかったのは幸運以外の何ものでもなかった。

あれだけ山道で滑ったり転んだり落ちたりしたのに、骨折も大怪我もなかったのも、今から思うと息がとまるほどの偶然である。しかも私は、歩かずに帰れた。

マラリアについて、この機会に少し書いておこうと思う。終戦後はともかく、現在の日本にはない病気で、年間に発病者は日本全体で平均して十人そこそこ、ほとんどが海外旅行のおみやげである。

マラリアの伝染の媒体となるものはハマダラ蚊だが、これは日本にもいるから油断はできない。

「マラリアって、伝染病なんでしょう?」

と言って電話で見舞をしてくれた人があった。怖いので、電話だけにしたものらしい。

「発病したとき刺されたら、その蚊の飛んでいった先が心配ですけどね、もう私の場合は大丈夫ですよ」

「でも、お嬢さんと一緒に藪蚊のいるところなんかへ行かないで下さい。危ないですよ」

「いいえ、もう大丈夫なんですったら」

もっとも昨年（一九六七年）の報告例で、父親にマラリアの既往症があって、それがもう二十年から昔のことだから何とも思わず、子供の病気に輸血をしたら、その子供にマラリアが出たという場合があるから、私は瀕死の重病人に出会わしても、血液をあげることだけはもう出来ないと思っている。

ハイヤーやタクシーの運転手さんの中に、戦争でマラリアを持って帰った人が多く、それを言うと、「そりゃアいいことを聞きました」と喜んでくれた人がいるので、これも書いておく。

「あのキニーネって薬は、飲みにくくって、でも飲まなきゃ癒らないし、あれは嫌だったでしょう?」

と同情してくれた人があったが、医学は二十年で驚異的な進歩を示し、キニーネはもう古典的なものになっている。私はクロロキンを飲み、二日目にはもう平常の体温に戻ったが、昔のキニーネは飲み出しても一週間は発熱を抑えることはできなかったらしい。

クロロキンを時間をおいて五錠飲んだだけで、私の血液の中の三百億余匹のマラリア原虫は全滅してしまい、しかも副作用はなかったのだから、素晴しい。

私は軽い種類のマラリアだったから、発病から一カ月もたっていても助かることが出来たが、悪性の場合は何よりも早期発見以外に手の打ちようがないので、東南アジア、南洋諸島、アフリカなどから帰って、妙な熱が出たらすぐ血液検査を受けるように、昨今の海外旅行ブームを見ての老婆心から、皆さんにおすすめする。飛行機が給油のために十五分間着陸している間でも、チクンと一度刺されただけで発病するものだし、私はマラリアの世界分布地図を見てゾーッとしたのだが、マラリアのある国というのは、思いがけないほど多いのである。

不幸な例が、つい最近あった。

南洋漁業から帰国した船員が、私と同じように風邪と似た症状から始って血痰が出た。私の場合も緑色の痰が出て、変だ変だと思ったものだが、あれも今から思えば一種の血痰だったのだろう。これはマラリアの前駆症状である。その船員さんの場合は、誰が見ても血痰だと分るものが出たので、レントゲンをかけたら、運の悪いことに少し曇っていた。（私もはじめごろレントゲンで胸を調べたりしたが、肺はきれいなものだったので誤診を免れたのだ。だから、この話も、とても他人事とは思えない）

その船員さんは、結核と診断され、さる病院の結核病棟に収容され、そこで死んだ。死後の解剖結果で、悪性マラリアが病因だったことが分ったのだが、それは文字通り後の祭になった。

私のマラリアに関する知識のほとんどは、海老沢先生の受売りなのだが、私が面白がって聞くのと、私が作家だから何を見せてもよかろうと先生は思われたのかもしれない。出歩けるようになってから、東大伝研に先生をお訪ねすると、

「これが普通の三日熱マラリアの熱グラフです。ほら、四十八時間ごとに発熱しているでしょう？　あなたのと随分違うのですよ。三日熱であなたのような例はないんです。これが、あなたの熱グラフです。比べてごらんなさい、違うでしょう？　僕は、あなたの熱の出方を聞いたとき、熱帯熱だと思って、ほんとにゾーッとしましたよ」

なるほど二枚の熱グラフ、私のような素人でも熱線の上り下りの具合の違いは明瞭だった。濃密感染か、と私は前に言われたことを思い出し、感心して眺めていた。

「これが悪性マラリアの熱グラフです。どうです。あなたのと酷似しているでしょう？」

三枚目の熱グラフを見ると、なるほど私の熱グラフと全く同じ曲線を描いている。私が更に感心して、それを目で追っていると、熱線は四十一度のところでプツンと切れ、そこに小さな十字架のマークが書入れてあった。

「こ、これは先生、こ、この人がここで天国へ行ったという印ですか」

「そうです。三日前に悪性マラリアだと分って投薬したのですが、手遅れだったのです」

「わ、私の熱グラフは、こ、これと酷似していますが、私のグラフも先へ行ってこんな具合にプツンと切れて、十字架がくっつくような心配は……」

「まあ、もうないですよ」

「まあというのは、どのくらいのパーセンテージですか、先生」

私にしてみれば、笑いごとではなかった。もう助かった、癒ったと思いこんでいたのに、プッンと切れたグラフと小さな十字架のマークは、あまりにもショッキングだった。

「大丈夫ですよ、心配しなくても、再発したって、もう死ぬようなことはありません。ちょっと貧血の状態を調べておきましょう」

看護婦さんが注射器を持ってきたので、私はベッドに寝て、片腕を彼女に渡した。

「週刊朝日、楽しく読んでいます。大変なところへいらしたんですね」

看護婦さんは、いろいろと親しみをもって話しかけてくれたが、私は十字架が目の前にチラチラして碌な返事も出来なかった。採血が終っても私が伸びているので、看護婦さんは、クスクス笑い、

「お立ちになっても大丈夫ですよ。ほんのちょっぴりとっただけなんですから」

と言ってくれたが、

「ええ、でも私、ちょっと」

蚊の鳴くような声で答えたまま、私はやはり起き上がれなかった。

発病してから一カ月でマラリアの診断をうけ、二日で原虫を退治したあと、四十五パーセントに減っていた赤血球を元に戻すのに一カ月の入院生活で、私はみるみる健

康を取戻した。体重は十一キロ痩せたが、前が少し肥り過ぎだったので、今はまことに調子がいい。

しかし三日熱マラリアは、治癒後も五年間の再発期間を持っていて、それを百パーセント防ぐ力は、まだ現代の医学でも無理だということである。何か別の大病をして、その最中にマラリアが出ると、私はポックリ死ぬことにもなりかねない。私は親不孝と無鉄砲と愚かしさの罪により、禁固五年の刑を宣告されたようなもので、今年予定していた中国とボリビアの旅行は中止せざるを得なくなった。

しかしまあ、これも運がいい方だと思わなければならない。四日熱マラリアというのにかかると、これは再発期間が十五年から二十年であるという。復員してきて、今でも年に一度二日ほどマラリアで寝込むことのある人は、この四日熱マラリアにやられたのである。

マラリア原虫がウヨウヨいたときの私の血液は十cc採取されて、東大伝研の冷蔵庫の中に零下八十度に冷やして保管されている。医学用語ではこういう保存血液を「株（かぶ）」と呼ぶのだそうだが、私の分はアリヨシ株と命名され、脳や脊髄を冒された梅毒患者を治すのに使われるという。彼らの血液に私の株を注入すると、彼らはたちまち、マラリアに罹って高熱を発し、この高熱は梅毒も淋菌もたちどころに征伐してしまうのだそうである。はからずも私は日本の医学に貢献することになったわけだが、ものがものだけに、どうも私としては誇りを持って言うわけにもいかない。

畑中さんはこの（一九六八年）九月、日本で開かれた国際人類学会に出席するために短期間だが帰国した。迎えに出た私の顔をしげしげと見て、

「なんでやろなあ。私は、なんともないのに、あんただけなんでマラリアになったんやろか」

不思議でたまらないと首を傾げていた。

彼女はいよいよ元気で、めでたく博士論文がパスしたあと、再びニューギニアへ舞戻った。あの人にとっては、あの蛮地も学者から見て肥沃この上ない天地であるのだろう。

この紀行文を書き始めた頃、まさかマラリアで章を終るとは考えてもいなかった。表題の「女二人」というのは、畑中さんが一・八人力、私が〇・二人前という勘定のつもりだったが、マラリアで私の株価はまた暴落してしまった。私は〇・〇一人前ぐらいのところだろう。

解説　破格の作家の内面世界に分け入る

平松洋子

有吉佐和子がニューギニアの奥地をまわる旅に出たのは一九六八年（昭和四三年）三月。その前年には、新潮社から刊行された長編小説『華岡青洲の妻』がベストセラーになり、さらに自身で脚本と演出を手掛けた舞台が上演されて好評を博した。さらに同年、吾妻徳穂に書き下ろした舞踊劇「赤猪子」が芸術祭賞を受賞。飛ぶ鳥を落とす勢いである。ところが、そんな絶好調のさなかに出掛ける先が未開の地なのだから、豪放磊落（ごうほうらいらく）なのか、向こう見ずなのか、迂闊なのか。たぶん、どれも間違いではないのだろう。

ニューギニアを訪ねる気になった背景として、『非色』の存在も気になる。六四年、三十三歳のとき刊行した長編小説『非色』は、「戦争花嫁」をテーマに据え、東京やニューヨークを舞台にして人種差別の構造を描いた作品である。自作をつうじて人種差別や偏見、女性の権利について考え抜いた作品を執筆していたからこそ、未知の他民族について知りたい、近づいてみたいという好奇心が刺激されたのではないか。そもそも、すでに数々の外国での体験があった。六歳から十歳まで、父の転勤にともなってジャワ（現・インドネシア）へ移住、家族で暮らす。二十八歳のとき、ロックフェラー財団の招聘を受け、ニューヨークに留学。翌年にはプエルトリコ、アメリカ、イギリス、イタリア、中近東など十一か国を歴訪、その後も中国の招聘により、新婚の夫とともに三週間の滞在を経験している。一般には飛行機での旅さえ珍しい時代、世界規模の旅を重ねていた。こうして果敢に外国へ出掛けていったのは、見聞したもののすべてを血肉として作品に注入しようとする貪欲さの証でもあっただろう。ニューギニア滞在の始まり、挨拶に来たシシミン族の酋長フィアウは、鼻の先に開けた三つの穴からオウムの黒い爪が一本ずつ突き出ている。二十八人を殺した過去があると聞かされて震え上がるのだが、想像や予測を超えた土地であればあるほど、興味も好奇心も刺激されたはずだ。

ニューギニアへの旅に誘ったのは、文化人類学者、畑中幸子。「あんたも来てみない？　歓迎するわよ」と、午後のお茶にでも誘うような気軽な口調で有吉を誘った。ちょうど次作の構想を練るためにインドネシアへの旅を計画していたタイミングで、地図を見ると、幼少期を過ごしたインドネシアとは「ほんの五センチほどの距離」。学生時代からの友人で気心が知れていたし、畑中の人柄と仕事ぶりに強く惹かれていたから、「じゃあ、行くわ。案内してくれる？」と即答した。このとき三六歳。

畑中は一九三〇年、大阪市生まれ。六八年、東京大学大学院社会学研究科博士課程修了、社会学博士。文化人類学の研究者で、最初のフィールドワークはポリネシア、次の研究対象としてニューギニアの未開社会を選ぶ。六五〜六六年、予備調査ののち、六七年から七二年までの五年間、国連からオーストラリア政府が委任された信託統治領「テリトリー・オブ・ニューギニア」へ単身入る。飛行機も着陸できない険しい山中の奥地、ヨリアピにある畑中の家を訪ねたのは、ちょうどこのときだ。

有吉による、東京での畑中評。

「礼儀正しくて、義理に厚く、気の毒になるほど四方八方に気を使って、その結果くたびれて、ものを言うのも嫌だという具合になっているような人」

ところが、ニューギニアでは、くるりと手袋を裏返すかのように畑中の人格が変わった。狩猟民族を相手にして一歩も退かない勇ましい物言いや蛮勇の数々。しかし、その描写は誇張でもなく戯画化されてもいないことは、ことごとく「常識」や「既成概念」を打ち砕くありさまが物語っている。畑中にはポリスと通訳がつけられているのだが、当局にとって畑中の存在は「所領民族に対する囮（おとり）」でもあると有吉は喝破している。

文化人類学者としてニューギニア高地に強烈に惹かれた理由の一端について、畑中は自著でこのように記している。

「われわれは高度な機械力の下で人間としての自主性を喪失し、個人の存在はかなり影の薄いものとなった。わたしの接してきたニューギニア高地人社会では、人びとが機械に隷属することなく、人間の尊厳が十分に保たれていた。近代化に超スピードで向かっているとはいえ、文化に対する個人の比重はいまなお大きいものがある」(『われらチンブー　ニューギニア高地人の生命力』三笠書房　一九七四年刊)
　住民の経済状況を調査するため、収入源のコーヒーの木になるコーヒー豆の数まで逐一数えたと自著で書いているのだが、もちろん、有吉が描く実体験はそのまま日本人の文化人類学者の凄まじい奮闘と忍苦の記録でもある。山野を駆けめぐって未開の文化を生きる部族が近代文明に接した、その最先端の現場に女ふたりは立っていた。
　がらりと人格が変わったのは、有吉もおなじである。始終びくびく、おどおど、尻子玉を抜かれたかのよう。予想を超えた日常茶飯にいちいち反応し、激しく動揺し、かつ「東京で生きているころの私を知る人なら信じられないほど温和そのものになっていた」。しかも、不安でいっぱいなのに、ぐっすり眠れる。そんな自分を珍しげに見つめる、もうひとりの自分。弱音を吐きながらも自己憐憫に陥らず、しきりに目玉を動かして人間観察を重ね、怒濤の日々を活写する視線はまさしく作家のそれ、有吉の面目躍如である。とはいえ、人種差別や偏見をテーマとして『非色』を書いた当の本人が、「冒険の趣味も探検の意志もまったくない」のに、と愚痴をこぼし、シシミンの狩猟民族と向き合いながら天を仰ぐ様子にはリアリティがある。いますぐ尻尾を巻いて東京へ帰りたい、でも足の傷が治らないから長逗留するほかなく、ならばせめて役に立ちたいと思い定めてパンツづくりに精出すいじらしさ。しかも、その手縫いの木綿のパンツこそ、近代文明のシンボルなのだ。じっさい、シャツとパンツを身につけた雇い人テアテアは出世意識を持ったのか、働くことを止めてしまう。

ジャングルを死に物狂いで歩きながらキノコに食いつかれたり、豪雨のなか、川を道代わりにして歩き進んだり、手の甲についたヒルを引き剝がしたり、大蛇の蒸し焼きを食べたり、次々に試練が立ちはだかる。旅の冒頭、蔓草を巻きつけた二本の木に「仕留めた野豚をかつぐのと同じ要領で担ぎ上げられ」、仰向けになったままエイサホイサと運ばれる場面には、身体性と思考回路をいやおうなしに塗り替えられる衝撃と痛快がある。なにしろ、ここでは野豚三頭と女ひとりは同価値なのだから。

白人による近代文明が入ってからわずか七年、そして二年後には独立を控えた六八年。本書に描かれた一部始終は、歴史の狭間、異文化のせめぎ合いのなかの女ふたりの行動記録であり、稀少な文化誌でもある。そして、有吉佐和子という破格の作家の内面に分け入るための一級の貴重な資料でもあると思うのだ。

（作家、エッセイスト）

本書は一九八五年七月に刊行された朝日文庫『女二人のニューギニア』の再文庫化です。再文庫化にあたって一部表記をあらため、明らかな誤りなどは訂正いたしました。
本文中、今日からみれば一部不適切と思われる表現がありますが、書かれた時代背景と作品の価値を鑑み、そのままといたしました。

イラスト＝宮田武彦
＊イラストは一九六九年一月に朝日新聞社より刊行された単行本『女二人のニューギニア』から一部再使用しました。宮田武彦氏の著作権継承者についてはあらゆる調査をいたしましたが、明らかにできませんでした。お気づきの点はお知らせください。

女二人のニューギニア

二〇二三年一月二〇日　初版発行
二〇二四年一二月三一日　5刷発行

著　者　有吉佐和子
発行者　小野寺優
発行所　株式会社河出書房新社
〒一六二‐八五四四
東京都新宿区東五軒町二‐一三
電話〇三‐三四〇四‐八六一一（編集）
〇三‐三四〇四‐一二〇一（営業）
https://www.kawade.co.jp/

ロゴ・表紙デザイン　粟津潔
本文フォーマット　佐々木暁
印刷・製本　中央精版印刷株式会社

Printed in Japan　ISBN978-4-309-41939-8

非色

有吉佐和子 41781-3

待望の名著復刊！　戦後黒人兵と結婚し、幼い子を連れNYに渡った笑子。人種差別と偏見にあいながらも、逞しく生き方を模索する。アメリカの人種問題と人権を描き切った渾身の感動傑作！

アフリカの日々

イサク・ディネセン　横山貞子〔訳〕 46477-0

すみれ色の青空と澄みきった大気、遠くに揺らぐ花のようなキリンたち、鉄のごときバッファロー。北欧の高貴な魂によって綴られる、大地と動物と男と女の豊かな交歓。20世紀エッセイ文学の金字塔。

香港世界

山口文憲 41836-0

今は失われた、唯一無二の自由都市の姿——市場や庶民の食、象徴ともいえるスターフェリー、映画などの娯楽から死生観まで。知られざる香港の街と人を描き個人旅行者のバイブルとなった旅エッセイの名著。

HOSONO百景

細野晴臣　中矢俊一郎〔編〕 41564-2

沖縄、ＬＡ、ロンドン、パリ、東京、フクシマ。世界各地の人や音、訪れたことなきあこがれの楽園。記憶の糸が道しるべ、ちょっと変わった世界旅行記。新規語りおろしも入ってついに文庫化！

うつくしい列島

池澤夏樹 41644-1

富士、三陸海岸、琵琶湖、瀬戸内海、小笠原、水俣、屋久島、南鳥島……北から南まで、池澤夏樹が風光明媚な列島の名所を歩きながら思索した「日本」のかたちとは。名科学エッセイ三十六篇を収録。

アァルトの椅子と小さな家

堀井和子 41241-2

コルビュジェの家を訪ねてスイスへ。暮らしに溶け込むデザインを探して北欧へ。家庭的な味と雰囲気を求めてフランス田舎町へ——イラスト、写真も手がける人気の著者の、旅のスタイルが満載！